# 寫作吧！一篇文章的生成

蔡淇華 著

CONTENTS

# 目錄

PART 2

# 文學創作

PART 3

## 文字運用

# 各界好評

**宋怡慧**／作家、新北市立丹鳳高中圖書館主任

《寫作吧！》系列三書印證了只有淇華能超越淇華。寫作三部曲從心法到技法，這次淇華要全面啟動你的邏輯思辨與繆思靈感，讓你的文字既有文青風又能當寫霸，想一窺究竟，打開書就是致勝關鍵。

**李崇建**／千樹成林創意作文創辦人

這本寫作書，實在太經典，涵蓋文學與考試，細述謀篇架構之外，還羅列各種範例，不僅深具素養，也完全實用。

**林怡辰**／閱讀推廣人

寫作應試的書很多，但淇華老師的大作，教你從應試一篇文章出發，搭橋至文學性、到生活和職場的語用性，一脈相承，面面俱到，讀來蕩氣迴腸，深受震撼，並窺見背後的使命感，不容錯過！

**林晉如**／教育部閱讀推手

淇華老師的寫作藍圖，招招打通寫作的任督二脈，讀完可謂通暢經脈，氣血暢通，寫作魂全來。

**陳怡嘉**／女王的教室

一篇好文章的生成，不僅能在升學作文上狠甩對手三個志願以上，更能讓你的創作與職涯引爆上萬點閱率。寫作吧！暢銷作家與獲獎推手的淇華老師，會讓你立刻被看見！

**張經宏**／小說家

成為作家的路上，琢磨創作的金針，帶領孩子們走上夢想之路，淇華已然為新世代的文學教育，開出繁花盛景。

**張輝誠**／學思達教育基金會創辦人

淇華是厚積薄發、大器晚成之人。此書亦如是，淇華此前以豐沛堅實創作經驗與傑出成果，寫出兩本專談寫作心法及鍊句之書，匠心獨出，一鳴驚人，既暢銷又廣受佳評。淇華又能潛心蓄積厚植，撰成此書，專談謀篇成文，示人以五彩筆，授人以點石成金、繡口織錦之術，又獨力衝決各式文類壁壘分明的藩籬，教人去自由自在挾靈思、握椽筆，遨遊於廣莫之野，自成不朽之盛事。

**許榮哲**／故事大師

最好的寫作教學，是學生離開學校之後還想寫，寫著、寫著，就寫成了文案、詩歌、散文、小說。教育制度做不到的事，作為擴充功能，這本書幫忙做到了。

**黃國珍**／品學堂創辦人

蔡淇華老師在這本書中，再次展現他廣博的閱讀版圖、厚實的文學底蘊、創新的教學思維和駕馭文字的能力。但這次不是為了自己的創作，而是為台灣寫作教育，熔煉出一塊可以恆久傳授與學習的基石。

**彭菊仙**／親子作家

只是功利地想提升作文級分而讀這本書嗎？錯！那絕對只是少不了的基本價值。任何想要增進自己文字力、文學創造力、文案力的有心人，淇華老師獨門的寫作功夫都無私地整理在這本書裡，他自己篇篇令人驚豔的好文就是見證。不用偷學，快讀這本書，光明正大地跟才子淇華老師得其真傳。

**歐陽立中**／Super 教師、暢銷作家

對大多人而言，寫作，是學生時代的事。但如果他們讀到這本書，會發現，寫作，是一輩子的事。從升學作文、文學創作、廣告行銷、到社群經營。我必須說，淇華用盡全力，讓寫作成就你的人生！

推薦序

# 由錬句吐芽，開出謀篇之花

## 散文指南萬千本，淇華此書真絕學

時報、林榮三散文獎得主
**林佳樺**

終於等到淇華老師寫作祕笈的第三部曲。不知大家思量篇章仍是講究格言佳句、務求起承轉合嗎？那是寫作的1.0版，這本《寫作吧！一篇文章的生成》已升級到3.0 Pro版，身為淇華老師鐵粉的我深知，《寫作吧！》三書的完成是多麼艱難的長征。

參觀過成屋嗎？同地段、甚至同棟大廈，有些屋況的裝潢格局通風採光一見便愛，我們會預想入住之後，軟在室內某處看書觀影吃食，在某面牆上吊掛壁畫或點起水果氣味的香氛蠟燭；而有些屋子瞥眼後便永成陌路。

同樣的建材地磚漆牆，為何房屋有些暢銷有些滯銷？端看建商如何設計格局、裝潢。寫作者類似建商，房屋格局便是謀篇，若大家都將房子蓋成起承轉合、開門見山、排比收尾等官方樣版的公家宿舍，住是能住，但「撞屋」之下便少了期待感。

這如同文章的謀篇，首段格局如何鋪展？聚光燈如何打上？是幾燭光的亮度？隔間如何配置大小？文章素材如何安置在各段落？寫作者心中必須要有一把調度的量尺，調度過程務求文氣的一貫，試想屋子梁柱雕龍鏤鳳，餐廳卻採西式方形枱面，多麼違和。

讀者必定好奇寫作如何調度素材？如何文無廢言？淇華老師這本書，便是布局謀篇的上乘絕學。

汗顏的是，教導創作時，對於學生同一份作業裡、不同素材要安置在哪個段落？我的答案常有不同看法，說詞是：「我推翻上次的意見，文無定法嘛，段落改成這樣安排，『感覺』會更好。」多麼抽象的答案啊。學生誤以為我暗藏絕招，殊不知我多麼想給出明確果斷的寫作心法，時常翻閱市售寫作書，納悶為何甚少寫作者談論全文結構布局？難道如我一樣，隱約明白寫作道理，但難以明說。

恰巧那時，淇華老師在文化大學開設「十二小時培養四十種寫作力」課程，參加的學生不論寫作是剛始於蹲馬步、或已經甚有底子，老師均不藏私地傳授口訣招式心法，叮嚀文章火候重在「時間」與「實踐」，才能「參悟」，否則再多招式也只是花拳繡腿。

當時老師傳授的祕笈聚焦在「謀句」，「謀篇心經」尚在醞釀。老師必定聽到我們「無聲的催促」，三年後的此刻，「謀篇寶典」橫空出世了，我何其有幸能先睹為快。一看，又氣又驚，氣自己怎麼現在才看到此書，走了多年瞎子摸象般的寫作冤枉路；吃驚這本書可謂文學創作的SOP，毫無保留地教導如何蒐集寫作素材、成立檔案資料庫、分析寫作有四大關係——我與自己、與他人、社會及自然的關係（極類似習武之人要歷經三階段——見自己、見天地、見眾生）；並且步步傳授意象如何丟與接，如何在意象與文章之間架起橋墩，如何讓文章中的動詞具靈動感，如何運用論說文邏輯法推進小說環節，如何將故事線、情理線與接段線安排在各個段落。

連連點頭的篇章是書中提到「散文是用『實體細節』來乘載『抽象情感』」，情要有味，便要懂得藏，話說得太直太滿，便無留白之美。刀劍為何要有鞘？是為了藏鋒。

也許有人覺得，此書對寫作不感興趣者而言，無用。我想釐清「用」與「無用」如何界定？現在無用，不必然未來不會用到。許多觀眾不會拍電影，但能夠理解導演為何如此運鏡如此剪接，不也是樂趣嗎？且現下無意寫作，也許老後退休會想試著動筆為文。

閱讀此書不必貪快，全文三十篇便是三十招，可幾天左右勤練一、兩式，招練絕了，也是絕招，最重要是勤練，時間久了，口訣、招式、思想便會內化成自己的風格。書中有多篇淇華老師的作品，幾經分析，老師的謀篇鍊句已渾融所有招式，某些文字看似尋常，卻感人、撼人，我想，這已是大道至簡的上乘境界了。

自序

# 文章魂氣，江山可待！

《寫作吧！》會出到第三本，是偶然，也是必然。

二〇一六年整理四十種寫作心法，出版《寫作吧！你值得被看見》，竟能平地生雷，書市迭生風雲，至今已三十四刷，甚至在二〇二一年，還一直掛在博客來寫作書排行榜的前三名。

然而許多讀者小小的抱怨，也一一湧現：「只有觀念，沒有練習，總感覺沒辦法完全吸收。」也因此在兩年後，整理了三十六種練習法，出版了《寫作吧！破解創作天才的心智圖》。很高興，這本書也有幸運的身世，累積已有二十四刷的印量。然而，更多讀者的需求，在分享場合一一浮現：

「前兩本『謀句』的技巧較多，老師能教我如何『謀篇』嗎？」

「我想參加文學獎，請問老師可以多談這一塊嗎？」
「老師，這些技巧可以運用在廣告文案嗎？」
「請問書裡的方法，寫聯考作文時有用嗎？」

面對這些疑惑，在「一篇篇文章的生成」中，心中慢慢有了篤定的答案。

這幾年指導學生寫作，拿到的文學獎項，從地方擴展到全國。甚至今年有兩位學生，靠著寫作的獎項，透過特殊選材錄取清華大學。另外，這三年為考生發展出的「13579個人寫作檔案」，考場應用，頗見成效。更榮幸的是，自己使用這些技巧在文學應用上，拿到全國性的詞曲創作首獎、幫助弱勢團體募款，甚至詩文被編入高中與大學國文課本。

兩本書提到的技巧，真的有用，但讀者需要見樹也見林的實例說明，《寫作吧！一篇文章的生成》於焉誕生。

這本新書做了一個大膽的嘗試，就是將「作文書」與「文學書」熔於一爐。「作文」與「文學」乍看扞格，然而作文系出散文，因考場而生，以明志為氣，取邏輯為骨，納詩質為魂，與文學脈絡，處處可尋。

例如寫論說文需要小說的腦，就是用「然後呢？」的邏輯，去思考及連結出下一句；「抒情文」、「新詩」、「歌詞」等，都必須先造「情境」，才能進入「情緒」；「廣告」、

「自傳」、與「聯考作文」，都需要想到「你思故我在」的大原則，要在文本中，創造從A（Attention注意）到A（Action行動）的效果。

因此，本書分為「升學作文」、「文學創作」、「文字運用」三大部分，大膽架構一個學習寫作的藍圖，就是將「升學作文」的基本美學，嫁接到更深層的新詩、散文、小說、作詞等「文學創作」，甚至到職場後，可以串聯到實用的文案、下標、作詞等「文字運用」。

在耗費十年青春的作文教育中，偷渡文學的浪漫素養，是埋在心裡很深的夢想，但隱隱約約，感覺到這個夢正在成型的路上，因為有越來越多的教育現場使用這兩本書，甚至好友小說家張經宏，曾於年初鼓勵：「你的寫作書因為有系統，會和夏丏尊、王鼎鈞的寫作書一樣，成為經典，好幾十年後，還會有人看。」

真的嗎？聽到的當下，覺得是春秋大夢，但隨著兩本寫作書的長銷，春去秋來，夢想有了魂氣，用力撐起人間的體魄。

因為伏案體力日減，成帙不易，《寫作吧！一篇文章的生成》耗時最久，今日有幸可以脫稿付梓，在離散無常，世紀疫情仍處高峰的二〇二一年，要謝謝幫助我圓夢的貴人：教會我散文的石德華老師、一生摯友，引我入詩的《創世紀》詩刊主編嚴忠政、《聯合報》

副刊編輯胡靖、散文家林佳樺等名家，均大方授權作品，成為這本書中最華麗的範文。

還有我的學生們，他們願意忍受我嚴苛的要求，仍一次次的精進與改寫，拿到文學獎項後，願將教學對話過程、與最後的成品，公開在這本書中，成為「一篇文章的生成」的最真實案例。

文末，期待這本書的生成，能成為島嶼寫作教育的一塊基石，來日文字築城，創新之邦，江山可待！

PART 1

# 升學作文

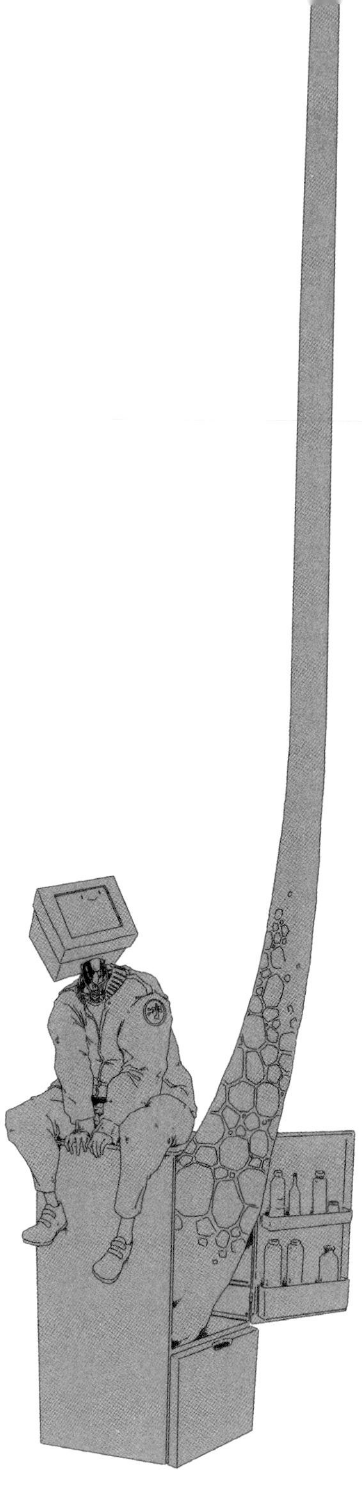

# 01 時光過眼不雲煙

## 寫好抒情文的要素是「故事情節」

抒情文的題目根本不重要，不要被題目障眼
其實題目都是「假象」，題目只不過是一條橋
我們只要講一個故事，便能獲准過橋，抒發「真情」。

抒情文難倒一堆考生，要如何快速寫好抒情文，其實是有方法的，講方法前，想請大家效法孔老夫子「取乎其上，得乎其中」的學習心法，先取乎聯考「抒情作文」的上層美學——「抒情散文」。

今日的純文學散文，已等同於「抒情散文」。

例如龍應台和陳文茜都有兩支散文好筆，一支筆寫「論述散文」，另一支筆寫「抒情散文」。然而會得到年度散文集青睞的，絕對是後者。前者寫得再好，拿來參加文學獎，

總有武狀元刺湘繡的扞格感，應該在複審第一關就會被打掉了吧！

## 「情節」是「抒情散文」的主體

以曾獲年度散文獎的龍應台名文〈目送〉為例，是「抒情散文」的最佳示範：

華安上小學第一天，我和他手牽著手，穿過好幾條街……十六歲，他到美國作交換生一年。我送他到機場。告別時，照例擁抱，我的頭只能貼到他的胸口……博士學位讀完之後，我回台灣教書。到大學報到第一天，父親用他那輛運送飼料的廉價小貨車長途送我……火葬場的爐門前，棺木是一只巨大而沉重的抽屜，緩緩往前滑行。

作者娓娓道來自己的四段送行故事，在末段才抒發對人世離散的深情告白：

我慢慢地、慢慢地了解到，所謂父女母子一場，只不過意味著，你和他的緣分就是今生今世不斷地在目送他的背影漸行漸遠。你站立在小路的這一端，看著他逐漸消失在小路轉彎的地方，而且，他用背影默默告訴你：不必追。

一般人對抒情文有一個刻板印象，就是堆砌一堆文謅謅的虛詞，也就是少了前四段的「情節」主體，只寫文末最後一段。失去故事情節的抒情文，情不真、意不切，寫的人煎熬，讀的人也受罪。

散文大家石德華曾為散文下了兩個標準：散文很我；散文重實。換句話說，寫散文最好能寫出「自己真實」的「情節」。

散文的特徵是「實中虛」，必須用「實體情節」去乘載「虛質情意」。與其相對的是小說的「虛中實」，小說是用「虛構情節」，去呈現人性的「心理真實」。

## 聯考作文容許虛構，但須做到「內在真實」

近年來大考後，有些寫出高分範文的考生受訪時，會誠實承認情節是虛構的。基本上，公開發表的散文不宜「完全虛構」，因為那是散文與小說文類唯一的分際，然而聯考作文目的是測試考生的「文字力與邏輯」，情節真假與上述標準無關宏旨，因此閱卷老師也不會考究「外在真實」與否，會影響分數高低的關鍵，其實是文章是否觸及人類的「內在真實」。

例如有位考生，挪用看過的韓劇老人院情節，杜撰自己家中開老人院；也有位考生寫自己因為肥胖身形被網路霸凌，其實是借用他人的經驗。他們或許沒有「第一手經驗」，但所使用的「第二手經驗」，因為其來有自，都是曾經觸動內心的情節，因此應考時應用，很容易抵達眾生內在的真實。

## 幸福不是故事，「不幸」才是！

故事是情節的主體，自己或他人的故事都可充當寫作素材，然而日升月落，瑣事如麻，要如何經緯萬端？爬梳出有用的故事？首先就必須先釐清什麼是「故事」！

如同電影《後來的我們》的經典台詞：幸福不是故事，「不幸」才是。

黃錦樹在言叔夏散文集《白馬走過天亮》的序裡，也有類似的省思：「現代散文似乎總是自覺的以主體生命的本真性為其核心。弔詭的是，那往往來自於傷害……但為什麼歡樂不是？歡樂彷彿是另一個禁忌——在時間之流裡，歡樂容易被它的對立面沖淡、覆蓋、抵銷。反之，感傷、悲哀往往有很強的存活力、感染力。」

黃錦樹提到的「傷害」，與「不幸」一詞相埒，都會帶來故事的核心——「衝突」。

總之，幸福與人間衝突無涉，不幸才會帶來外在與內在的衝突。以歷屆大考試題為例：

「年老失智」與「青年無屋」的不幸，帶來是否「青銀共居」的抉擇衝突；鄰家貧困的不幸，造成眼見鄰人偷摘瓜時，選擇是否以「溫暖的心」包容的衝突；或是全球暖化的不幸，帶來「我們這個世代」是否需扛責擔任的衝突；甚至身處「靜夜」，「情懷」滿溢時刻，蘇軾思索自身遭饞逢譏的不幸，選擇要「滄海寄餘生」、或是「用情人間世」的衝突。以上試題，都試圖在人間的不幸，製造選擇的衝突，而考生作出的選擇，就成了全篇的主題。

## 考前整理「故事素材」，背入考場

總而言之，要臨場拼湊出感人切題的情節，實非易事。從這幾年大考作文分數崩盤如江河日落，就不難想像考生應試時腹笥甚窘的困境。因此考前素材準備，不應滯留在波瀾不驚的幸福內海，而是要逼視自己與他人的生命缺口，才能找到情感的破口，讓文字與普世悲憫的汪洋對流。

近年作文考題的趨勢，是「從我走向我們」，因此非常建議考生準備三個「不幸的故事」進入考場，可以是「自己的不幸」、「他人的不幸」與「世界的不幸」。這樣的故事可以成為不同文章「抒情」的「實體」，以下就以一個相同的小故事，示範書寫近年的三個題目：

## 〈如果我有一座新冰箱〉

▼571字

如果我有一座新冰箱，我想冰小一那年，沒對阿嬤說出口的道歉。

小學一年級的時候，我得了重感冒，躺在床上，全身發抖冒冷汗。阿嬤知道薑母可以去風寒，就駝著身子，到市場購買需要的食材，回來後，沒有休息，馬上蹲在廚房燉煮薑母鴨。

幾個小時後，滿身是汗的阿嬤，小心翼翼端來湯汁餵我，才喝一口，我竟然馬上吐得阿嬤全身，還很不禮貌大叫：「好辣！好辣！喉嚨好痛！阿嬤妳為什麼要給我喝這麼難喝的東西？」阿嬤很難過，只好將整鍋薑母鴨倒掉。三個月後，阿公載阿嬤去釣魚，一個緊急煞車，阿嬤摔落，兩天後因腦震盪去世。

現在長大了，每次經過鎮上的薑母鴨店，我都覺得有點心虛。上個月舅舅請我們全家去吃這家薑母鴨，才喝幾口，我的眼淚就撲簌簌流下。

「怎麼了？」舅舅問我：「不喜歡喝嗎？」

「喜歡，只是不小心噎到了。」

那天沒吃完，我竟然央求包回家。媽媽有點丈二金剛摸不著頭緒問我：「妳不是怕辣嗎？」

「我真的喜歡薑母鴨，真的！」

那天回家，才發覺家裡的冰箱壞了。「怎麼辦？妳的薑母鴨不吃完，明天會壞掉。」媽媽關心問我。那個晚上，我把剩下的薑母鴨湯都喝完——還是很辣，但是我暗暗跟自己說：「如果我有一座新冰箱，我一定要冰那年，沒對阿嬤說出口的道歉。」

這座新冰箱可以讓那些話語永保新鮮，想阿嬤的時候，就可以拿出來，慢慢解凍，慢慢蒸發，飄到天上，讓阿嬤聽見：「阿嬤，對不起！阿嬤，我真的好想妳……」

## 〈靜夜情懷〉、〈窗〉 ▼503字

在靜靜的夜，獨坐書房，有鄰居烹煮補品的氣味，自窗外竄入，那氣味帶我飄回小一那年……

小學一年級的時候，我得了重感冒，躺在床上，全身發抖冒冷汗。阿嬤知道薑母可以去風寒，就駝著身子，到市場購買需要的食材，回來後，沒有休息，馬上蹲在廚房燉煮薑母鴨。

幾個小時後，滿身是汗的阿嬤，小心翼翼端來湯汁，才喝一口，我竟然馬上吐得阿嬤全身，還很不禮貌大叫：「好辣！好辣！喉嚨好痛！阿嬤妳為什麼要給我喝這麼難喝的東西？」阿嬤很難過，只好將整鍋薑母鴨倒掉。三個月後，阿公載阿嬤去釣魚，一個緊急煞車，阿嬤摔落，兩天後因腦震盪去世。

現在長大了，每次經過鎮上的薑母鴨店，我都覺得有點心虛。上個月舅舅請我們全家去吃這家薑母鴨，才喝幾口，我的眼淚就撲簌簌流下。

「怎麼了？」舅舅問我：「不喜歡喝嗎？」

「喜歡，只是不小心嗆到了。」

那天沒吃完，我竟然央求包回家。媽媽有點丈二金剛摸不著頭緒問我：「妳不是怕辣嗎？」

那個靜夜，我把剩下的薑母鴨湯都喝完——還是很辣！

一樣的靜夜，熟悉的氣味再次湧現，我又無法自拔地思念阿嬤，窗外一輪明月看著懊惱的我，牆上的守宮也挺起身子，都等著我打開心窗，輕輕地對著窗外的天地說：「阿嬤，對不起！阿嬤，我真的好想妳……」

## 〈溫暖的心〉

▼527字

靜夜書房獨坐，有季節的寒氣竄入，那冰寒帶我飄回小一那年。那一年，我曾用最冰寒的眼神，回應世上最溫暖的心……

小學一年級的時候，我得了重感冒，躺在床上，全身發抖冒冷汗。阿嬤知道薑母可以去風寒，就駝著身子，到市場購買需要的食材，回來後，沒有休息，馬上蹲在廚房燉煮薑母鴨。

幾個小時後，滿身是汗的阿嬤，小心翼翼端來湯汁，才喝一口，我竟然馬上吐得阿嬤全身，還很不禮貌大叫：「好辣！好辣！喉嚨好痛！阿嬤妳為什麼要給我喝這麼難喝的東西？」阿嬤很難過，只好將整鍋薑母鴨倒掉。三個月後，阿公載阿嬤去釣魚，一個緊急煞車，阿嬤摔落，兩天後因腦震盪去世。

現在長大了，每次經過鎮上的薑母鴨店，我都覺得有點心虛。上個月舅舅請我們全家去吃這家薑母鴨，才喝幾口，我的眼淚就撲簌簌流下。

「怎麼了？」舅舅問我：「不喜歡喝嗎？」

「喜歡，只是不小心嗆到了。」

那天沒吃完，我竟然央求包回家。媽媽有點丈二金剛摸不著頭緒問我：「妳不是怕辣嗎？」

那個靜夜，我把剩下的薑母鴨湯都喝完——還是很辣！

一樣的靜夜，熟悉的氣味再次湧現，我又無法自拔地思念阿嬤，窗外一輪明月看著懊惱的我，牆上的守宮也挺起身子，都聽見我輕輕地說：「阿嬤，對不起！我懂了，我已經懂得妳的心，那是世界上最溫暖的心！阿嬤，我真的好想妳……」

讀者應該可以發現，要表現這三篇文的差異，就是要在第一段的「破題」、與末段的「扣題」，須重複出現「新冰箱」、「溫暖」、與「靜夜」等關鍵字。前後的關鍵字的複沓重現，才能首尾主題呼應、情感大海洄瀾。

當然，一篇文章的生成，使用的技巧絕不僅於此：例如「冰箱」冰「道歉」，使用的是「虛實互換」的技巧；「溫暖」對應「冰冷」，使用的是「對比破題」的技巧；「夜靜」對應「情動」，也是使用「對比破題」。這些技巧會在其他篇章再與大家細述。

寫此文的動心起念，是因為日前學生提問：「想請教老師，這幾年作文如〈靜夜情懷〉、〈冰箱〉、〈溫暖的心〉……等，跟早年大學聯考作文如〈窗〉、〈橋〉等，這些抒情文方向有何不同呢？」

讀完本文，讀者應該已經豁然開朗，原來抒情文的題目根本不重要，不要被題目障眼，題目都是「假象」，題目只不過是一條橋，我們只要講一個「故事」，便能通過讀者心橋，傳遞「真情」。

## 被故事淋濕的自己，可以無所畏懼進入考場

期待考生們在考前，爬梳自己充滿毛邊的青春，勇敢面對無可遁逃天地間的衝突，然後整理成無法取代的動人故事。帶這些故事進考場後，鈴聲一響時可以氣定，審題時可以神閒。眼前稿紙縱然卷長千里，但你已備有青春萬語，你可以選擇細說從頭，也可以選擇直陳當前。

是的，時光過眼不是雲煙，整理後，都可以凝結成青春大雨。這個月，記得再被自己的故事淋濕一次，然後，能夠呼風喚雨的自己，可以無所畏懼的走入考場。

總之，希望考生謹記本文的最大目的，背一篇「不幸的故事」進考場就對了！

# 02 寫好學測國寫論說文

## 你必須知道的十件事

根據「高中論說文參考閱卷標準」，整理十個要點，提供考生參考；一定可以寫出最符合台灣聯考與國際規範的好文章。

新加坡教育局與劍橋大學長期合作，產出各科評分標準供學校參考，以下是一位在新加坡中學任教的朋友，提供該校依據新加坡與劍橋大學合作完成的高中論說文參考閱卷標準（Singapore-Cambridge General Certificate of Education Ordinary Level），茲翻譯如下：

| Level1 低分 | Level2 一般 | Level3 高分 |
| --- | --- | --- |
| • 簡短的解釋或離題<br>• 只有提供正反單方面的論述<br>• 缺乏實例<br>• 沒有意見分享<br>• 沒有依提供事實做有價值的評論（evaluation） | • 些微的細節<br>• 正反意見各一點<br>• 例子籠統<br>• 論點軟弱<br>• 末段有重申主旨 | • 有細節的解釋<br>• 正反意見並陳（至少三點）<br>• 反方一點，正方兩點<br>• 有細節跟獨特的實例<br>• 成熟及支撐完善的評論<br>• 切題 |

這份評分標準不僅與筆者在美、加、澳等國家參訪時，見到的作文教學內容一致，而且與近年台灣會考、學測釋出的範文內容，標準相埒。

如果考生可以依這個「常模」做準備，一定可以寫出最符合台灣聯考與國際規範的好文章，以下茲根據這份評分標準，整理十個要點，供考生參考：

**一、至少四段作思辨，第一段須有「主題關鍵字」與「立場」**

事實上，這份標準是依黑格爾的「正—反—合辯證法」設計而成。執行最好模式的是可以依四段式「龍頭、豬肚、蛇彎、鳳尾」的文章架構完成。

所謂「龍頭」就是第一段使用主題關鍵字（subject）與立場（stance）（或態度attitude），開門見山表明立場。例如：我反對（立場／態度）「被遺忘權」（主題關鍵字），因為那會導致人類無法拼出完整的知識拼圖（一一一年參考卷一）；我贊成（立場／態度）在我家附近設置垃圾處理廠（主題關鍵字），因為我必須善盡小齒輪的責任（一一一年參考卷四）。

## 二、立場千萬不要模稜兩可

如同二〇二〇年歐美人士會爭論是否需要配戴口罩，台灣的專業人士也在媒體各自表述，討論是否需要燒大錢實施入境普篩？論說的目的一向是為了表達明確的立場。而這個世界最不需要的，就是立場不明的文章。

然而台灣學生在結論時，常寫到最後尚無法表白明確立場。切記，立場模稜兩可是考場大忌。如同一一一年參考試卷（卷一）的題示：請以「被遺忘權」為題，「明確」表明你贊成或反對。

## 三、第一段宜短不宜長，避開傳統的起承轉合

傳統的起承轉合訓練，要求學生在第一段「釋題」。花個二百字解釋題目，或許適合千字文，但因為學測國寫論說文限十九行四百字，如果第一段還要像傳統作文拉哩拉扎東扯西扯，不僅會令閱卷老師厭煩，而且也會吃掉正文的篇幅。

## 四、使用「因為、雖然、但是、所以」連結邏輯

第二段是支撐第一段立場的材料，是整篇文章的主體，英文稱這一段叫做body，因為需要許多論點支撐，傳統中文寫作暱稱為「豬肚」。第三段「蛇彎」是反方立場；第四段「鳳尾」（一說豹尾）則是正反比較後，「兩害相權取其輕，兩利相權取其重」的總結。

考生若要快速揀選材料，可以使用「因為、雖然、但是、所以」的邏輯連結二、三、四段，例如：

**第二段（正）**：因爲支持材料。

**第三段（反）**：雖然有反方材料。

**第四段（合）**：但是支持材料的質與量遠勝反方材料，所以第一段論點是對的。

## 五、第二、三段可使用題幹的正反材料

學生在考場常常過於慌張，忘了題目中早已提供大量的正反材料，可使用在第二、三段。但切記，勿全文照抄，挑選半數字句雜揉文內即可。

## 六、二、三段應有比例原則

支持材料必須是反方材料的二倍以上，如同散文的傳統，一篇文章是用散出去的例子，去支撐一個共同的論點。而這些散出去的例子，則包括支持材料、例子以及數據。

## 七、一例勝萬論

現世的讀者常說：「別跟我講理論，我想聽故事。」題目正反材料常包含理論與數據，故事則需要考生自己舉例。考生可由「我與我的關係、我與他人的關係、我與社會的關係、我與自然的關係」等四個面向，舉出兩個例子。

如同《一百五十年歷史的哈佛寫作課祕訣》全書的理論「O.R.E.O Map」——「意見（Opinion）、理由（Reason）、實例（Example）、意見再強調與提案（Opinion/Offer）」。

## 八、例子可以造假嗎？

這幾年大考中心與會考作文釋出的範文，會發現一半的作者受訪時，表明使用的例子並非切身經驗，而是使用他人經驗、新聞報導，甚至是戲劇內容，用第一人稱「我」來書寫。例如嘉義一位考生面對國中會考作文題目「未成功的物品展覽會」，採虛構的寫法，描述一位每年做給媽媽母親節禮物卻送不出去的心情，虛擬的故事感人，閱卷委員為之動容，給予滿級分。

如同司馬遷以小說家之筆，寫出「心理的真實」，去彌補「歷史的真實」，而這種真實，就是「人性」。而「人性」本是主宰所有文類的大神。所以同學在考場搜索枯腸，仍然無法揀選可使用的個人經驗時，不妨可以發揮想像力，去連結日常的聽聞與觀察。

## 九、同理心思考的「提案式」作文，是最「成熟」的作文

依據上述新加坡與劍橋大學合作完成的高中論說文參考閱卷標準，其中最高分一級，提到「成熟及支撐完善的評估」（mature and well-supported evaluation）的標準。這「成熟」二字，指的就是「創意的提案」。創意是解決問題的能力，也就是說，第一流的論說文，必須要為反方思考，提出「補救」的提案。

如同《一百五十年歷史的哈佛寫作課祕訣》全書的理論「O.R.E.O Map」——「意見（Opinion）、理由（Reason）、實例（Example）、意見再強調與提案（Opinion/Offer）」。意見（Opinion）是第一段，理由（Reason）、實例（Example）是二、三段，意見再強調與提案（Opinion/Offer）是最後一段。

例如在一一一年參考卷四的「鄰避效應」文中，如果考生反對在自己居住的區域設置「資源回收中心」，則最好在第三段提出「以大局為重」的「補救提案」：

> 雖然我反對在居家附近設立垃圾處理廠，但我贊成設置於對環境危害最小的地區，而且國家應該擬定政策，對當地的居民有所補償，例如減免各種稅賦。除了靠政策面，我們也應該研發出更先進的科技，讓垃圾處理廠對環境的影響減到最小。

在這段文中，「補償」與「科技」，就是兩個成熟的提案。

## 十、論說不拒抒情，意象前後呼應，就是抒情

一般考生會將論說文與抒情文視為兩種文體，這非常的危險，因為現在已無絕對的抒

情文或論說文，考題都是「夾議夾敘帶抒情」的思辨文。例如「溫暖的心」被歸類為抒情文，然而它的架構卻是論說文，因為考生必須做出選擇，要如何「恨中思其愛」、「惡中辨其善」，需要有邏輯的正反思辨論述。

至於論說文，如果能夠找到一個意象系統造成前後呼應，就是抒情。效果是讓讀者產生畫面感，還能讀後留餘韻。

例如第一段：

我贊成在我家附近設置垃圾處理廠，因爲我必須善盡小齒輪的責任。

最後一段：

一個國家就是一部大型機器，我們是大小不一的齒輪，必須彼此咬合，才能讓這部大機器運轉起來。

當首尾兩段以「齒輪」來連貫全篇，會讓讀者得到美感及完整感。那是因為「意象」是抒情的血肉。當論說不拒抒情，「龍頭」銜接「鳳尾」呼應首尾後，一篇「情理交融」的高分範文於焉誕生了！

隨著社會轉型及群眾權利意識提高，一九八〇年代英國出現了「鄰避效應」一詞，即「不要在我家後院」（Not In My Back Yard,NIMBY），意指居民反對將造成汙染或危害健康的設施興建於自己的社區。

「鄰避效應」已是國際普遍現象，也是世界各國的共同挑戰。以香港為例，一九九〇年代香港衛生署在九龍灣旁興建綜合治療中心，並引入愛滋病治療服務。當時九龍灣區居民誤以為愛滋病會傳染而充滿恐懼，加上不清楚規劃的過程，擔心治療中心威脅社區環境，因此激烈反對，之後爭議多年。

台灣過去也有因興建公共設施而引發社會運動的案例，包括鄰避效應較大的嫌惡設施，如核電廠、焚化爐、垃圾處理廠、變電所、基地台、靈骨塔等，也包括鄰避效應較小的設施，如老人安養中心、特教學校、社會住宅、中途之家等。

鄰避設施所以遭到民眾抗拒，是因其提供的機能及利益由社會全體共享，但風險與負面作用卻由在地居民承擔。一般而言，影響民眾對於鄰避設施接受與否的因素，包括設施造成的危害與影響、設置決策程序、設置者被信任度、設施需求度、經濟補償條件、公民社會意識等。有人主張鄰避設施的規劃或興建過程，本身就是一個環境教育的機會，主辦機關必須重視「過程的公開」，設法讓社區民眾了解規劃過程、興建的必要性、功能、限制，及對社區各層面的影響，使民眾得以判斷是否接受鄰避設施。也有人提出，鄰避設施經常被設置在偏鄉或弱勢族群的社區，因此在公共決策過程及規劃與建嫌惡設施時，必須優先關注在地居民的權益，避免「以鄰為壑」，以兼顧社會的發展與公平。

閱讀文章後，分項回答下列問題。

問題：如果政府或業者將在你家附近設置「垃圾處理廠」，你贊成或反對？請說明你的立場和理由。文長限四百字以內（至多十九行）。（占二十一分）

## 範文一：立場反對 ▼390字

我反對在我家附近設置垃圾處理廠，但我會善盡小齒輪的責任。

我居住的社區位在水源地，如果設置垃圾處理廠，則有汙染水源之虞。另外，社區的聯外道路非常狹小，而且有一所小學設立於路旁。過去幾年，已經有外來卡車引發重大交通事故，造成通勤學童的傷亡。如果設置了垃圾處理廠，每天載送垃圾的卡車來來往往，可能對社區居民造成更大的危害。

雖然多數人對垃圾處理廠避之唯恐不及，但垃圾處理廠對任何一個國家而言，都不可或缺。我們不可能永遠反對設立，否則我們的國家有一天將會被垃圾所淹沒。

總而言之，雖然我反對在居家附近設立垃圾處理廠，但我贊成設置於對環境危害最小的地區。而且國家應該擬定政策，對當地的居民有所補償，例如減免各種稅賦。除了靠政策面，我們也應該研發出更先進的科技，讓垃圾處理廠對環境的影響減到最小。終究，一個國家就是一部大型機器，我們是大小不一的齒輪，必須彼此咬合，才能讓這部大機器運轉起來。

## 範文二：立場贊成 ▼387字

我贊成在我家附近設置垃圾處理廠，因為我必須善盡小齒輪的責任。

多數人對垃圾處理廠避之唯恐不及，但垃圾處理廠對任何一個國家而言，都不可或缺。我們不可能永遠反對設立，否則我們的國家有一天將會被垃圾所淹沒。除此之外，政府做任何決策前，都會請專家學者作完善的評估，之後才會選擇最適合的場地。

雖然我贊成在居家附近設立垃圾處理廠，但我希望政府先拓寬社區的聯外道路，因為有一所小學就設立於路旁。幾年前，曾有外來卡車引發交通事故，造成通勤學童受傷，若拓寬道路，並設立天橋或地下道，不僅有利地方繁榮，而且可以保護社區居民。除此之外，政府若能擬定政策，對社區居民有所補償，例如減免各種稅賦，相信反對聲浪一定會減少。

總而言之，一個國家就是一部大型機器，我們是大小不一的齒輪，必須彼此咬合，才能讓這部大機器運轉起來。因此，我贊成在我家附近設置垃圾處理廠，而且我會善盡公民的責任，減少垃圾處理廠對環境的影響。

---

註：Singapore-Cambridge GCE Ordinary Level. https://en.wikipedia.org/wiki/Singapore-Cambridge_GCE_Ordinary_Level

# 03 用「小說邏輯」寫論說文

## And then？就是邏輯

寫論說文需要具備「邏輯的想像力」，也就是說，要很勇敢、很用力的想像「And then」，然後呢？然後會發生什麼事？

一一〇學測國寫論說文考「經驗機器」，這應該是近年來，最能考出學生「邏輯力」的考題，我們先試讀題幹：

記憶可以被編輯或刪除嗎？二〇〇四年美國電影《王牌冤家》（*Eternal Sunshine of the Spotless Mind*），敘述一對怨偶在一次激烈的爭吵後，先後踏入提供記憶刪除服務的「忘情診所」，主動要求洗去記憶。女主角成功地洗去兩人的戀愛記憶，男主角則在記憶

BOOM

清掃的過程中，因爲看見舊日時光的美好，想保留一切甜蜜與悲傷的記憶，而開始和電腦清除系統搏鬥。二〇一七年，台灣導演陳玉勳將自己的短片〈海馬洗頭〉改爲長片《健忘村》。〈海馬洗頭〉的創意發想，來自於「人的記憶都存在大腦的海馬迴裡」，電影中因此有「海馬洗頭店」，專職幫人洗去記憶。《健忘村》則有一件寶物「忘憂神器」，可以清除記憶。村長爲了一己私利，引誘村人「忘憂」，刪除村人的部分記憶。

電影裡的想像也許有一天會發生。二〇一九年澳洲皇家墨爾本理工大學的研究團隊，利用「光遺傳學」技術影響海馬迴，開發類腦晶片，可模仿大腦儲存和刪除訊息的方式，能精準刪除老鼠腦中特定的記憶。這項科技將有望應用於心理創傷者、藥物成癮者的治療，清除其長時間的負面與病理性記憶。此外，也有**政治哲學教授諾齊克提出「經驗機器」思想實驗：假設有一台機器可以提供所有想要的幸福經驗，甚至可以定期修改，無論是領袖群倫、環遊世界……，使用者想要的「幸福人生」，都可以事先設定。面對這樣的機器，人類將如何抉擇？**

問題：假設「經驗機器」存在並且運作穩定，可以讓人享受虛擬的「幸福人生」，你認爲將對人類產生什麼影響？權衡利弊，你會支持開放這樣的機器上市嗎？請闡明自己的意見。文長限四百字以內（至多十九行）。（占二十一分）

這個題幹中，先提出三部「修改記憶」相關的電影，再介紹一個實現「修改記憶」的科學創新，證明文學的想像並非天馬行空。如同歐威爾小說《一九八四》中的「老大哥」，現在已在極權國家四處可見的監視器中成真。

這個題目最厲害的地方，在於將人類的想像力繼續「延伸」：假設「經驗機器」存在並且運作穩定，可以讓人享受虛擬的「幸福人生」，你認為將對人類產生什麼影響？

寫這樣的文章，需要具備「邏輯的想像力」，也就是說，要很勇敢、很用力的想像（And then），然後呢？然後會發生什麼事？

例如一堆很想出國旅行的人，只要使用「經驗機器」，就可以享受虛擬的「出國人生」，然後他們還會想買機票出國嗎？然後旅行業會不會受到打擊？國與國之間的交流會不會因此銳減？然後會不會因為世界的交流減少，國與國之間產生更多隔閡，甚至引發戰爭？結果幸福機器變成最殘忍的機器。

又例如許多對組織家庭有夢想的人，只要使用「經驗機器」，就可以享受虛擬的「家庭人生」，然後他們還會想結婚生小孩嗎？婚紗業會不會受到打擊？沒有實體的一夫一妻家庭，國家的新生兒會不會因此減少？然後會不會導致國族滅絕的危機？結果幸福機器變成最可怕的武器。

當然，如果考生支持「經驗機器」，就可以朝相反方向思考。例如一位同學上個月輕生了，因為她生長在一個有憂鬱基因遺傳的家庭。去年底她補習回家，看見母親在浴室自盡的場景，腦中留下無法磨滅的創傷。之後她說自己無法再感受到幸福與快樂。即使她剛剛考上一流的頂尖大學，她最後還是擅自停止青春血液的流動，留給世人無限唏噓與遺憾。

假設今天有一部「經驗機器」存在，並且運作穩定，可以讓人享受虛擬的「幸福人生」，讓因為先天或後天不幸的人們，可以在人間烏雲的縫隙，捕捉到一點幸福的光亮，相信他們會更願意在陰晴不定、但風雨有情的人間，再多停留一點。

然後呢？然後考生還可以「由小見大」繼續想像，讓第二段的支撐材料更加飽實：

憂鬱症已被世界衛生組織列為二十一世紀人類的三大疾病之一，甚至根據台灣衛福部統計，二〇一九年十五至二十四歲自殺死亡人數比二〇一八年增加了二六．八％。現代人越來越難感覺幸福，尤其青少年因憂鬱導致自殺的人數更是大幅上升。如果我們可以妥善運用「經驗機器」，可以讓人享受虛擬的「幸福人生」，相信一定可以拯救許多徘徊生死邊緣的國人。

現在我們試寫立場不同的兩篇文，記得兩造觀點都須寫入，將支持材料放在第二段依邏輯推論發揮，第三段以「雖然」啟動反方立場，但講一點即可：

## 範文一：立場開放「經驗機器」 ▼392字

我支持開放「經驗機器」，讓人們享受虛擬的「幸福人生」，因為這會是暗黑世界中最美的光。

自己一位同學上個月輕生了，因為她生長在一個有憂鬱基因的家庭。去年底她補習回家，看見母親在浴室自盡的場景，腦中留下無法磨滅的創傷。她說自己的大腦內分泌出了問題，不像一般人可輕易感受到幸福與快樂。加上母親的突然離世，像鏤刻在她腦中的影像，她覺得一輩子不可能再擁有幸福，即使她剛剛考上一流的頂尖大學，最後還是擅自停止青春血液的流動，留給世人無限的唏噓與遺憾。

雖然會有人反對「經驗機器」，認為人們享受虛擬的「幸福人生」後，將更難追求到真實世界中的幸福。然而憂鬱症已被世界衛生組織列為二十一世紀人類的三大疾病之一，如果我們可以妥善運用「經驗機器」，讓人享受虛擬的「幸福人生」，一定可以拯救許多徘徊生死邊緣的國人。

因此我絕對支持開放「經驗機器」，讓感受不到幸福的人們，可以在人間烏雲的隙縫，還能捕捉到一點幸福的光亮。

## 範文二：反對開放「經驗機器」▼392字

我反對開放「經驗機器」，讓人們享受虛擬的「幸福人生」，因為這會成為新世紀的毒品，讓世人成癮，讓世界成災。

試想有意出國旅行的人，只要使用「經驗機器」，就可以享受虛擬的「出國人生」，然後他們還會想買機票出國嗎，旅行業會不會因此受到打擊？國與國之間的交流會不會因此減少？然後國與國之間產生更多隔閡，甚至引發更多戰爭？結果幸福機器變成最殘忍的機器。

又例如一堆很想組織家庭的人，只要使用「經驗機器」，就可以享受虛擬的「家庭人生」，那麼他們還會想要成家生子嗎？婚紗業會不會因此受到打擊？新生兒會不會因此減少？甚至導致國族滅絕的危險？結果幸福機器變成最可怕的武器。

雖然會有人支持「經驗機器」，認為虛擬的「幸福人生」可以拯救於創傷記憶中無法自拔的人。然而虛擬的「幸福」，一定會像毒品一樣無法管制，最後導致濫用與成癮。

因此我堅決反對開放「經驗機器」。虛擬的「幸福」是更真實的毒品，只會導致世界的更不幸福。

# 04
# 跟購物台學寫論說文
## 末段「回馬槍法」

在做任何論述時，在第二段不要「精銳盡出」，要保留「精兵」一批，最後使出「回馬槍法」應敵，讓追兵一一中槍落馬……

在家裡轉到購物頻道時，常常一不小心馬上入坑。其實購物頻道真的有本事，而且很適合學習他們的架構來寫論說文。

論說文的第二段是「豬肚」，是整篇文章的核心，需要寫「主題支撐材料」（supporting material），主要由事實（fact）、（題幹）數據、個人經驗／故事（experience）三大部分組成。

例如要賣空氣清淨機，先說「因為空汙，肺腺癌已高居台灣癌症死亡第一名」的事實、再加上「這台空氣清淨機可淨化九九．九五％空氣中汙染物」的數據、最後補上「消費者使用後身體改善」的個人體驗，這時候消費者大概已經心動了。

論說文的第三段是「蛇彎」，需要寫「反方材料」（disproving material）做思辨。「卦終未濟，天道忌盈。」人類天性不相信絕對的好，因此行銷時若願意講出自己小小的缺點，反而更能讓人信服。這就像今日的西方大學與職場申請書，都需要說出自己的缺點。購物台亦通此道，因此賣這台空氣清淨機，也會說：「因為用的是德製馬達、及多三倍活性碳的濾網，所以價位會高於其他品牌。」

其實第三段是為了替第四段結尾鋪梗。這一段最重要，一定要從前面的 A（Attention 注意力），帶出後面的 A（Action 行動力）。別擔心，購物台其實早就準備好了，馬上使出他的末段「回馬槍法」：「原價二萬四千九百九十九，購物台特價一萬四千九百九十九，現省一萬元，另剛剛品牌經理加碼，為了服務本台，決定買一送一，幫你保護更多的家人。但是這樣不賺錢的買賣只限今天五百組，賣完就沒了，哇！電話一下子滿線了……」

這記「回馬槍」太強了，追兵無一不中槍落馬，連不需要空氣清淨機的觀眾，都會拿起電話開始撥號了。其實我們在做任何論述時，都可以善用此法，要訣就是在第二段不要

「精銳盡出」，要保留「精兵」一批最後應敵。

我們以〈一〇八學年度學測國寫論說文：中、小學校園禁止含糖飲料〉一題為例，請大家先閱讀題幹及圖表：

**糖對身體是有好處的，運動過後或飢餓時，適當地補充糖會讓我們迅速恢復體力。科學研究也發現，大腦細胞的能量來源主要來自葡萄糖，當血糖濃度降低時，大腦難以順利運轉，容易注意力不集中，學習或做事效果不佳。**「不過」，哈佛醫學院等多個研究機構指出，高糖飲食會增加罹患乳癌及憂鬱症等疾病的風險；世界衛生組織也指出，高糖飲食是造成體重過重、第二型糖尿病、蛀牙、心臟病的元兇，並建議每日飲食中「添加糖」的攝取量不宜超過總熱量的十%。以每日熱量攝取量兩千大卡爲例，也就是五十公克糖。我國國民健康署於民國一〇三年至一〇六年的「國民營養健康狀況變遷調查」中，有關國人飲用含糖飲料的結果如圖 1、圖 2 所示。

讀完以上材料，對於「中、小學校園禁止含糖飲料」，你贊成或反對？請撰寫一篇短文，提出你的看法與論述。文長限四百字以內（至多十九行）。（占二十一分）

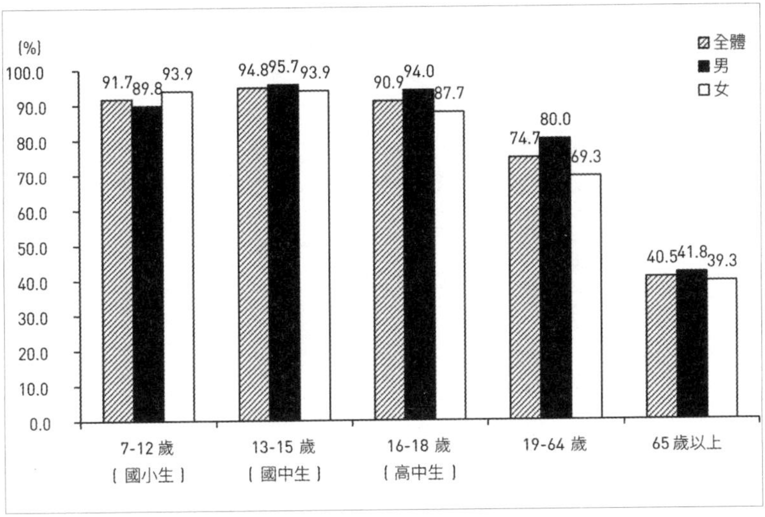


圖 1　國人每週至少喝 1 次含糖飲料之人數百分比

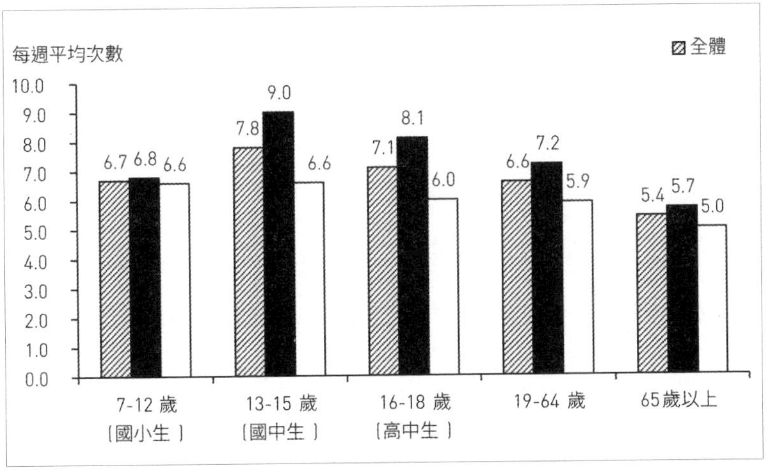


圖 2　國人每週至少喝 1 次含糖飲料者，其每週平均喝的次數

如果論點是「贊成中、小學校園禁止含糖飲料」，那麼黑體字部分就是第三段的「反方材料」。「不過」之後的部分，就是第二段的「主題支撐材料」。以下是依此整理出的圖表：

| | | | |
|---|---|---|---|
| **第一段** | 合 | 開門見山3S：<br>關鍵字（subject）<br>立場（stance）<br>意象前後呼應（symbol） | 糖水怎能澆灌幼苗？我贊成中、小學校園禁售含糖飲料。 |
| **第二段** | 正 | 提出二至四點支撐立場<br>**三種來源：（保留一點至最後一段）**<br>**（題幹）事實**<br>**（題幹）數據**<br>**個人經驗（故事）** | 題幹：<br>(1) 事實：**哈佛醫學院**等多個研究機構指出，高糖飲食會增加罹患乳癌及憂鬱症等疾病的風險。（移至最後一段）<br>(2) 事實：**世界衛生組織**也指出，高糖飲食是造成體重過重、第二型糖尿病、蛀牙、心臟病的元兇。<br>(3) 數據：**世界衛生組織**建議每日飲食中「添加糖」的攝取量不宜超過總熱量的十%。以每日熱量攝取量兩千大卡為例，也就是五十公克糖。 |

| | | | |
|---|---|---|---|
| | | | (4) 數據：我國國民健康署於民國一〇三年至一〇六年的「國民營養健康狀況變遷調查」中，顯示國人每週至少喝一次含糖飲料者，其每週平均喝的次數，國中生平均七．八次，高中生平均七．一次。<br>(5) 個人經驗：同學及親友大量喝含糖飲料，因此造成身體病變。 |
| **第三段** | 反 | 雖然（有相反立場） | 題幹：<br>(1) 糖對身體是有好處的，運動過後或飢餓時，適當地補充糖會讓我們迅速恢復體力。<br>(2) 科學研究也發現，大腦細胞的能量來源主要來自葡萄糖，當血糖濃度降低時，大腦難以順利運轉，容易注意力不集中，學習或做事效果不佳。 |
| **第四段** | 合 | 但是（提出有感情的支持立場）<br>所以（立場堅定，意象抒情結尾） | 事實：**哈佛醫學院**等多個研究機構指出，高糖飲食會增加罹患乳癌及憂鬱症等疾病的風險。 |

## 範文：

▼390字

糖水怎能澆灌幼苗？我贊成中、小學校園禁售含糖飲料。

糖水廣受青少年喜愛，然而國民健康署的調查，國中生平均每週喝七．八次含糖飲料，高中生平均七．一次。也就是說，幾乎每天都喝。根據世界衛生組織建議，每日飲食中的「添加糖」不宜超過總熱量的十％。顯而易見，我國的青少年早已超標，而這會帶來重大的健康危機。

世衛組織還指出，高糖飲食會造成體重過重、第二型糖尿病、心臟病。例如自己班上有位女同學，平常都以含糖飲料當開水喝，現在不僅體重過重，而且因為外型遭到異性嘲笑，產生憂鬱情緒，甚至有自殘的紀錄。

雖然青少年體能消耗大，需要補充糖以迅速恢復體力、及幫助上課時大腦順利運轉，然而，如果讓含糖飲料在校園中唾手可得，一定會造成更多青少年嗜糖成癮。

哈佛醫學院也指出，高糖飲食會增加罹患乳癌及憂鬱症的風險，如果我們繼續用糖水澆灌下一代，我們國家的未來將不可能長成蓊鬱的森林。因此，我絕對贊成中、小學校園禁售含糖飲料。

讀者可發現，題幹中有大量的事實（fact），如果全部都集中在第二段，讀來會覺得太重複、又太說教，因此在閱讀題幹時，若先決定選取其中一個事實當最後一段的「回馬槍」，不僅可以快速寫完，而且可以強化論述。

當然，要做到文章的前後呼應，別忘了做到首尾兩段關鍵字（中、小學校園禁售含糖飲料）及立場（贊成／絕對贊成）的重複。另外，若能以「意象」（糖水想到澆灌幼苗與森林）抒情結尾，則更能寫出情理交融的佳文。

# 05 作文題目都是「我與世界的關係」

## 整理一份「13579個人寫作檔案」吧！

以自己的生命爲出發點，整理一份「13579個人寫作檔案」：這份檔案包含1個獨特的生命、3個有衝突的經驗、5種科學意象、7個事典，以及9個數據。

「你們聯考作文寫得好嗎？」

在一次文學獎的評審會中，一位作家詢問在場的其他評審。大家都搖搖頭，包括我自己，在大學聯考的考場，讓自己的思緒脫韁而出，待鐘響收卷，野馬仍未奔回，只得悵然擲筆，接受劣馬評第。

「越自負的寫手，越可能在聯考作文鎩羽而歸。」那位發問的評審，如是眉批考場敗北的作家。

我沒聽懂，所以考研究所時，作文又考垮了一次。

## 人生要往前看，但也要往後看

作家石德華說：「人生要往前看，但也要往後看，才能得到理解。」所以我往後看自己近年考場作文的大失敗，終於得到一個理解：

作文要明，散文要藏；作文要快，散文要慢；作文要濃，散文要淡。

這個理解沒有來得太晚，在我報考今日服務學校時，我整理了「與自己相關」的「個人寫作檔案」進入考場。其中有自己獨特的生命、三個以衝突為核心的故事。

那日試卷發下，看完題目，我開始腦中盤點「寫作檔案」，尋找合適的材料，根據各段需求調兵遣將。文字雖是英文，卻是第一次嘗到試場中，信手拈來、揮筆即就的快感。鐘聲響後，諸生交卷，但見自己文長過人。結果沒有懸念，有幸入榜。

## 創作重發散，作文求收斂

這幾年聯考作文的成績呈現江河日下之勢。以學測國寫「靜夜情懷」一文為例，全國無人滿分，但有四千三百九十五人「抱蛋」而歸。

另會考六級分占全體考生的比例，從一〇五年度四千九百七十二人（占比一．八三％），一〇六年度二千五百六十一人（占比一．〇五％），一直滑落到一〇八年度一千三百零四人（占比〇．六一％）、一〇九年度的一千五百八十八人（占比〇．七七％）、一一〇年度的一千五百一十三人（占比〇．七六％）。

學生之所以無法寫好這些題目，最重要的原因是「缺乏寫作材料」。而這些材料若能靠平常積累，並且改過錯字、去掉冗詞、修出節奏，必能供日後考場應急素材。

「準備材料進入考場」一事，常為世人撻伐，認為有失公允。然而，如果有天分的作家，都會在試場失足，要如何苛求一般考生「即席發揮」時，達到學測國寫「A＋級」的標準：論證有力，結構謹嚴，文辭流暢優美？

讀者如果參考大考中心每年釋出萬中選一的範文，會發覺失手詞句隨處可見。幾十萬人的考試，竟然佳篇難尋，究其陳因，犖犖大者，實歸時間大限。創作重思緒發散，作文求論點收斂。然而發散耗時，所以我們必須將生活中發散的經驗，在日常規律地收斂為自己的「個人寫作檔案」，供日後應試備用。

聯考作文方向有四大類：「我與我的關係」、「我與他人的關係」、「我與社會的關係」，以及「我與自然的關係」。在共好的時代，「我與他人的關係」、「我與社會的關係」已成主要方向。因此，考生絕對不能自外於這個時代，也不能不留存與自身相關的故事。

所有的考生在應考前，都必須以自己的生命為出發點，釐清「我與世界的關係」，整理一份「13579個人寫作檔案」進考場。

這份檔案包含1個獨特的生命、3個有衝突的經驗、5種科學意象、7個事典，以及9個數據，茲分析如下：

## 一、1個獨特的生命——越獨特，分數越高

星雲法師曾言，佛陀一手指天，一手指地說：「天上天下，唯我獨尊。」真正的意涵，是指一切眾生都是尊貴獨特的存在。而獨特創造陌生，陌生產生美感，所以往往越獨特的作品，分數就越高。

一〇九年會考作文「我想開一家××的店」，被聯招會從二十萬份試卷中挑出，成為各大媒體刊載的「狀元級」範文。作者寫的是「想開一家傳承客家精神的店」，在店裡賣祖父最喜歡的「福菜麵」，來傳承客家人的「硬頸精神」。

然而可惜的是，這篇文並沒有釐清「福菜麵」與「硬頸精神」間的邏輯。如果這位考

生願意發問或上網，去尋找自己族群的獨特，一定會更深刻認識自己的文化。

原來自東晉時期，客家人為遠離戰火，由中原向南遷徙，至今在歷史上已經歷五次大遷徙。遷徙途中為了攜帶可長期保存的食物，發明出一種由芥菜（閩南語稱為掛菜）醃製而成的梅乾菜（福菜）。原來福菜是讓轉徙萬里中，種族可以綿延不絕的「福氣之菜」，更是不向命運低頭的「硬頸之菜」。

如果學生再多花五分鐘閱讀網上資料，會認識到，客家人是脖子最硬，最不願意向惡勢力屈服的族群，像國父孫中山、太平天國洪秀全、新加坡前總理李光耀，都是客家人。每個人的身上，都有他人感興趣的陌生，如果不挖掘出自身最珍貴的獨特，那就太可惜了。

## 二、3個有衝突的經驗

在一一一年學測國寫參考試卷二，要考生「選取一項有特別意義的物件，敘述物件背後相關的故事與情感」，以「睹物思情」的遺憾為文。在試卷四，也要考生「回顧成長過程中的選擇經驗，省思人生的啟示」，寫自己如何在衝突中，選擇「走自己的路」。

這些考題，都需要考生寫下自己的故事。然而在寫作課請學生寫自己的故事時，學生常常率性回答：「沒有。」面對這些「千里關山留百川，萬頃青春無一語」的學生，我常用最高級的提問，問學生「你最大的成功」、「你最大的挫敗」、「你最大的願望」、「你最大的絕望」等帶衝突的問題，學生在內省反思，觀照自身後，總能說出動人的故事。

其實，故事的核心就是「衝突」，「衝突」後的「選擇」，就是文章的主題。

靜夜裡的情懷，一定是白日的衝突——談不好的戀愛、念不好的學科、做不到的夢、或是不敢向師長說的內心話。但是我們的教育總是要我們躲在課本裡，閃躲那些最真實的衝突。

建議考生可以先以每篇二百字，整理生命中「最大挫折」、「與他人合作」、「最大挑戰」等三個有衝突的故事。

## 三、5種科學意象

今天聯考已無絕對的抒情文或論說文，連「溫暖的心」、「靜夜情懷」或「青銀共居」，都是「夾議夾敘帶抒情」的思辨文。而抒情不是情緒吶喊，是藉物抒情。而以物藏意，就是意象。

文章末段若用意象收尾，就是餘韻無窮的亮點。然而一般考生很難熟稔此道，如果可以靠平日搜羅，整理五個自己有感的意象進考場，應試時五擇一，很容易為文章畫龍點睛。例如聯考作文曾考過「舉重若輕」，就可以利用槓桿原理：

阿基米德曾誇口說：「給我一個支點，我就能舉起全世界。」而今日，這個支點就是「終身學習」（可填下該文的主題，例如品格、科技），誰能擁有這個支點，誰就能「輕輕」舉起世界賦予他的「重重」責任。

若講到合作，就能用齒輪舉例；若講到紀律與限制，就能談到陀螺與繩子；若談到勇氣與希望，可以提到毛毛蟲與蝴蝶；若要讓大家明白打基礎的重要，則可以拿竹子來論述（詳見範例）。文末附上的五個意象，是筆者隨意提供，其實每個人都可以從生活、從科學教科書、從詩集中，找到幾百個自己喜歡的意象。

## 四、7個事典

古人寫作喜歡掉書袋，俗稱用典。今日用典，可以來自「發表式的閱讀」。也就是說，平常看完一本書、一部電影、一則新聞、或是聽到他人的故事，都可以用二十至四十字留存。聯考時只要擇一，放在第二段或末段，都會讓文章更加厚實。

總而言之，走過必留下痕跡。例如看完《鬼滅之刃》，不要只覺得好看，要留存令你感動的話，例如：我們因為守護所愛的人事物而脆弱，但也因為他們而強悍。這句話放在任何一篇談「愛」的文章中，都會像是皇冠上的紅寶石，讓文章熠熠生輝。

或許很多考生會問：「一齣戲那麼多內容，我應該記取什麼？」其實當下沒有感覺也沒關係，只要打開電腦，輸入這齣戲的名稱，戲中的名言佳句馬上會跳出一堆，然後挑一句，記錄在你的寫作檔案吧！

## 五、9個數據（生涯、環境、經濟、社會、國際）

西方思考重實證，因此科學數據在一篇文中，占有關鍵的地位。然而台灣考生不擅此道，常「空口說白話」，搞得文章令人無法信服。如果每位考生都能以自己為圓心，向世界畫圓，找到與自己相關的數據，一定可以在聯考的考卷中跳出來。

例如寫「青銀共居」，可以舉台灣在「二〇二六年邁入超高齡社會」為例；寫「我們這世代」時，可以提到台灣在二〇二〇年「生不如死」，正式進入人口負成長；考「我想開一家××的店」時，可以提到台灣的有機小農、憂鬱人口等問題，而這家店就是為了解決這個問題而設。

總而言之，13579只是一個象徵數字，每個人都可以不斷更新增刪。整理這個檔案，如果只是為了聯考，那就太傻了。我們每個人都應該用一輩子，不斷整理這個檔案，那不僅會是最璀璨奪目的學習歷程，也是一生取之不盡、用之不竭的發表材料。

## 我的 13579 寫作檔案（範例）

| | |
|---|---|
| 1個獨特生命 | 我的獨特性：新住民、強迫症、隔代教養、體育班選手、單親、經濟弱勢…… |
| 3個有衝突的生命故事 | (1)生命中最大的挫折：被霸凌、父母離異<br>(2)與他人合作的故事：社團衝突後和好<br>(3)生命中最大的挑戰：擔任班長、照顧年老長輩、出櫃、學會程式、登山…… |
| 5個科學意象 | (1)阿基米德曾誇口說：「給我一個支點，我就能舉起全世界。」——槓桿原理<br>(2)我們大小不一，但缺一不可，必須彼此咬合，才能轉動這個世界。——齒輪<br>(3)沒有繩子的陀螺，永遠無法旋轉。<br>(4)「毛毛蟲以為的絕境，其實是蝴蝶美麗的開始」。<br>(5)竹子用了四年的時間，僅僅長了三公分，在第五年開始，以每天三十公分的速度瘋狂的生長，僅僅用了六週的時間就長到了十五米。 |

7本書或電影的佳句

(1)有些面具戴得太久，就摘不下來了。

——南派三叔《盜墓筆記》

(2)別讓任何人用出身定義你，你唯一的限制只有你的靈魂。

——電影《料理鼠王》

(3)我將來要當一名麥田裡的守望者……我站在懸崖邊，守護那些在麥田中遊戲的孩子。

——沙林傑《麥田捕手》

(4)人類想對抗自然，就會像《白鯨記》中的亞哈船長，最後淹死在自己病態的自大意志中。

——梅爾維爾《白鯨記》

(5)因為愛過，所以慈悲；因為懂得，所以寬容。

——張愛玲《傾城之戀》

(6)沉溺在豬八戒的慾望裡，只會陷在無法自拔的盤絲洞中；唯有戴起令你頭痛欲裂的責任緊箍咒，才能抵達理想的西天。

——《西遊記》

(7)光憑憤怒就能贏的話，這世上早就沒有鬼了。

——竈門炭治郎《鬼滅之刃》

## 9個量化數據

(1) 二〇一七年戴爾電腦的未來研究中心估計，到了二〇三〇年，高達八五％的工作，是現在根本不存在的。（因此「終身學習」是未來人才最需要擁有的習慣）

(2) 二〇二〇年台灣出現「生死交叉」，死亡人數首度超越新生兒數，正式進入人口負成長。

(3) 根據內政部統計，二〇二二年第一季出生數約三萬五千人，死亡人數較出生多出一萬二千多人。

(4) 台灣在二〇二六年，因為有二十％人口超過六十五歲，將邁入超高齡社會。

(5) 肺癌已連續十年是台灣死亡率最高的癌症。（因此，解決空汙問題，是我們這個世代的責任）

(6) 根據經濟部統計，一般民眾創業，一年內就倒閉的機率高達九十％！存活下來的十％中，又有九十％會在五年內倒閉。也就是說，能撐過前五年的創業家，只有一％。（我想開一家××的店）

(7) 根據衛生署調查指出，台灣約有兩百萬人有憂鬱症狀，只有五分之一的憂鬱症患者對外求助。（因此我想從事與心理健康相關行業）

(8) 台灣每萬人平均病床數，新竹縣為四十五床，全台最低。（因此，我想念醫，服務家鄉）

(9) 根據環保署統計，雲嘉南以及高屏地區AQI大於一百的空汙天數皆超過百天以上，幾近於全年的三分之一。（因此我想為改善家鄉空氣品質努力）

# 06 畫龍豈可不點睛

## 三種「對比破題法」，寫出破題佳句

快速破題的「意象對比法」、「虛實對比法」與「翻轉對比法」

寫一篇文章，如同馴服一頭龍。一個考生則必須是合格的馴龍高手，必須在四十至四十五分鐘內，駕馭這頭猛龍穿越思緒的雲層。

然而，不幸地，二分之一的考生文章神龍見首不見尾，讀到最後不知所云；另有四分之一的考生則龍頭蛇尾，段段邏輯不相連；只有另四分之一的文字可以飛龍在天，在鈴響前飛抵主旨。

### 用「凝練短句」神龍擺尾

如果我們審視大考中心釋放出來的範文，會發現有一個共同的特色，那就是用「凝練短句」神龍擺尾。

例如一〇九年的「靜夜情懷」原卷 2-1，第一段以「南行孤雁」自況，只能在蒼茫靜夜喘息，末段確認人間才是餘生用情處，「南行孤雁」決意北返，等待下一個白露。本篇以「南行」對比「北返」收束全文，首尾呼應，一氣呵成。

又例如一〇九年「玩物養志 vs 玩物喪志」原卷 1-3，首段以「玩具我的啟蒙『老師』」開頭，末段以「玩具是我不可多得的『導師』」結尾。「師者意象」雖平凡無奇，離文學大道尚遠，但考場能做到「意象」首尾一致，收「畫龍點睛」之妙，已可在十萬人的試場中，雄踞五榜。

## 考場敗作，最大原因：一邊寫，一邊想

綜觀「見龍在田」的考場敗作，其犖犖大者，皆因「摸著石頭渡河」，一邊構思，一邊下筆，最後論點一腳踩空——「渡河而死，其奈公何」。

雖然天馬行空為文，可收後設驚奇之妙，是文學創作一法，但在分秒必爭的試場，一定要做到意在筆先，才能行雲流水、筆隨意走。

## 「對比」才見「價值」

尋覓「筆先之意」，則需要破題的心法。此心法以「對比思考」為核心，因為文章主題乃「價值」二字，而價值是對比出來的。

茲列對比破題三法，並以一一一年學測國寫參考試卷為例說明：

### 一、意象對比法：

以卷二的漫畫解讀為例，下圖中二人分立高牆上的平衡木兩端，左方男子欲起腳踢落另一男子，然而，當一方跌落，另一人失去平衡，亦將伴隨掉落。本圖動作的對比有「站立」與「跌落」，因此我們可以用意象（圖像）寫出以下佳句：

「站立，我們一起站立。」

「跌落，我們一起跌落。」

此篇評分含「自訂題目」一項，此對比佳句有畫面，有節奏，皆是上乘的題目。

**二、虛實對比法：**

散文是「實中虛」，是用「紀實材料」去講「虛的價值」，所以考生拿到考卷的第一件事，就是思考這篇文對比出的「價值」。

例如卷二談論的對比價值是「愛」與「恨」，或是「合作」與「分裂」，將這些「虛詞」關鍵字與「站立」與「跌落」等「實詞」關鍵字虛實雜揉後，就能寫出動人的切題佳句，例如：

「因爲愛，我們一起站立。」

「因爲恨，我們一起跌落。」

「合作，我們可以一起挺立。」

「分裂，我們一同跌落。」

卷三子題一「低頭族」的表象對比的「實詞」是「低頭」與「抬頭」，「虛詞」（價值）對比是「愛（或尊重）與冷漠」，因此我們可據此雜揉出亮眼佳句：

「爲愛抬頭」

「抬頭才有尊重」

**三、翻轉對比法：**

寫作之所以又稱為創作，是因為「創新」是寫作的最高原則，而「翻轉」是「創新」的最佳途徑。

「創新」是一種反慣性，是喚起讀者省思的當頭棒喝。在自己班上，有兩位學生翻轉慣性思維，令人不禁拍案擊掌。例如一位學生翻轉「母親與孩子」的慣性關係。試寫卷三的「籠中鳥」時，十之八九的學生將母親當成自己的牢籠，然而這位學生卻寫下：

「其實，我才是母親的牢籠，母親爲了照顧我，青春不得飛翔。」

另一位學生打破「被低頭族」是受害一方的刻板印象，寫下：「當被低頭族反擊，低頭族就不敢再低頭了。」

他寫下父親的公司老闆發年終獎金，以開會時同仁低頭的次數來扣發薪餉，讓他們理解到低頭所造成的不尊重感，是要付出代價的。

這兩篇本文，翻轉世俗觀點，令人耳目一新，取得高分順理成章。

## 收斂的佳句，置於文章首尾兩段

時間受限的考場作文，如同異地趕路，預防迷向的最好方法，就是停下來，花三十秒先設定好GPS導航。

學測考期在即，建議考生拿到試卷後，不要急著下筆，先用一點時間進行三種對比思考法，不僅可快速「對比破題」，更可將對比收斂的佳句，置於文章的首尾兩段，對全文畫龍點睛。此晶亮「龍睛」，是獨特的視角，是引導全文行走的導航，更是讓批卷老師點頭稱是的高分亮點。

07

# 看到需求，看見責任，才有五感

## 五感書寫來自「感應」

學五感書寫的前提是，
成爲對這個世界「有感應」的人。

「唉呦！黏黏滑滑的，你怎麼拿這麼噁心的筷子給我？」我手上接過哥哥遞給我的黃色綠色筷子，不禁嘀咕。

「這是阿公阿嬤每天吃飯用的筷子，」哥哥拿出更多雙發霉的筷子：「阿嬤的手勁已經沒辦法把筷子洗乾淨了。」

### 此生見過，最厲害的五感書寫

隔週，我和哥哥去彰化溪洲探訪外公外婆，哥哥當下對我說的話，如果化為文字，應是我一生中見過最厲害的五感書寫：

「你拖鞋有什麼感覺？」一進入屋內，哥哥馬上問我。

「黏黏的，感覺每踩一下都會被地板吸住。」

「阿嬤還是會拖地，但她力量不夠，拖不乾淨了。」哥哥說出更深一層，我沒聯想到的。

「恁來囉！」外公坐在客廳的藤椅上，眼睛對著未開啟的電視機。

「阿公，你那ㄟ嘸看電視？」已到中午新聞時段，外公以前每日看。我不禁好奇。

「你沒看到旋轉鈕已經壞掉？」哥哥用手抹過螢幕，手上一層厚厚的灰：「阿公重聽，阿嬤有白內障，他們已經很久不看電視了。」

接著哥哥帶我進廚房，外婆正忙著準備中餐。

「阿嬤，」哥哥從冰箱拿出一甕肉燥，「妳聞聞看！」

我鼻子也湊過去，用力一吸：「阿嬤，這歹去啊，袂使呷ㄟ。」

外婆抱著肉燥甕，一臉茫然，我感覺鼻頭酸酸的。二哥帶我到外頭，一邊將肉燥丟進廚餘桶，一邊問我：「你記得以前來阿公阿嬤家住的時候，棉被的觸感嗎？」

「鬆鬆軟軟的，因為阿嬤有先用淘米水漿洗過，」我望著亮晃晃的陽光：「然後晒過太陽後，被子貼著鼻子，會聞到陽光的味道。」

「你覺得阿嬤還有力量晒被子嗎？」

我搖搖頭。

「那你願意當阿公阿嬤的太陽嗎？」

我對哥哥用力點點頭。

那已是三十年前的對話，但因為視覺、嗅覺、味覺、觸覺與感覺的五感震撼，至今歷歷在目。

一〇八年會考作文考「青銀共居，好家哉？」，全國滿級分人數創下新低，只占〇．六一%，是一〇五年一．八三%的三分之一。

常尋思，如果任何一個考生，能夠像哥哥一樣，用心體察老人家的生活細節，一定可以寫出哥哥「五感書寫」中的一項細節，因此拿到高分。但重點是，為何當年哥哥可以有如此巨大的「感應」，而我沒有？

答案很簡單，我沒有一顆溫暖的心（一〇八年學測作文題目），或者說，我不夠善良。

## 聯考題，都是「愛」，都是「我對他人的責任」

德蕾莎修女說：「愛，是在別人的需要上，看見自己的責任。」我只有看到表象，卻沒看見別人的需要，更沒看見自己的責任。

那時的我，是個沒有愛的人。

當老家債務得到初步解決，自己的房屋貸款也還清後，我離開補教界，考入市郊的學校，看到學校旁的汙染問題，也看見自己的責任，於是我走入需求，善盡公民的責任。漸漸地，我發覺自己對這個世界的需求越來越敏感，對自己的責任，也越來越能反應。是的，我變成一個有「感覺」、常「感動」、有「感應」的人。也因此，停筆二十年後，我寫文章的能力恢復了。

原來，學五感書寫的前提是，成為對這個世界「有感應」的人。而這幾年的聯考作文題，都在尋找這樣「有感」的考生。

例如這幾年的會考作文題：「傳統習俗中我看見（責任？）」、「我們這個世代（的責任？）」、「青銀共居，好家哉（青年對銀髮族的責任？）」、「開一家××的店（為誰的需求而開？）」、「未成功的物品展覽會（未成功是誰的責任？）」，或是學測題「溫暖的心（給誰溫暖？）」、「新冰箱冰××（冰對誰的感情？）」。

每年聯考前，全國考生又開始上窮碧落下黃泉的猜題，老師們也想要為學生臨陣磨槍、惡補技巧。其實，不用猜題，不須技巧，聯招會早就洩題了——我們考的題目，叫做「愛」，叫做「善良」，叫做「我對他人的責任」。

## 愛，可以練習的

如果在作文考場中，考生搜索枯腸，仍覺腹笥甚窘，這時不要緊張，只要開始用心思考親人的老化、長輩的孤單、貧者的失能、殘者的不便，甚至是自然環境遭人類破壞後的無助。你必能在這些需求中，看見自己的責任，而「自己的責任」，就是你要寫下的文字。

如果覺得自己像當年的我一樣，只愛自己，對有情人間無感，慢慢來，不要慌，因為腦神經科學家告訴我們，青少年的自我與自私，跟內分泌有關，但是，人不能只關心自己，要對旁人有愛，而愛，可以練習的。

可以從小小的一雙筷子開始，可以從被大地沾黏的第一步走起，也可以將鼻子湊過去，聞一聞責任的味道，然後抬起頭，擔起責任，你會開始看到需求，看見文字的細節，最後你一定「有感必應」，學會五感書寫，也成為眾生的太陽！

PART 2

# 文學創作

# 08 意象的丟與接
## 用科學講人學，就是文學

挑一個物件「丟」出去，
再用此物件的科學特性「接」住它。
在這丟與接的過程，傳遞作者的深意。

含蓄為藝術之母，直白不足成文，因此文學勢必走入「寫物附意」的意象書寫。意象是文學最真實的血肉，甚至聯考作文的題目「新冰箱冰什麼」、「靜夜情懷」、「視野」，或是大考研究卷的「自己的路」、「籠中鳥」、「高牆上的翹翹板」，都是廣義的「意象文」。

「詩是創造陌生的意象語言，因此大部分的詩人都有幻聽幻覺。」一位詩人朋友曾如此自嘲，這也是為什麼缺乏「幻覺連結力」的凡人，只能徒呼負負：「寫作是天才的事業。」然而，路是人走出來的，如果我們可以分析天才心智圖的路徑，再於此路蹀躞求索，我們一樣能夠擁有「意象書寫」的天才腦。

附文是學生M的散文作品〈在，不在〉，本篇僅一千字長度，讀來卻格高意遠，這是因為她懂得在「情感最濃處」節制情感，用書法的藏鋒，將濃情蜜「意」藏在萬「象」之中。例如對外婆失智的不捨，她如是比喻：

> 那壓彎的背脊，被歲月拱成了時光隧道，輕易帶著外婆走回從前的世界，卻模糊了幾分鐘前隧道口的風景。

當「背脊」與「隧道」的對等建立之後，所有跟「隧道」相關的物理與科學，都可以挑選來形容外婆，例如隧道裡的「黑暗」、「噪音」、「恐懼」，或是隧道口的「天光」、「樹影」與「海風」。

若我們從「壓彎的背脊」出發，會連結到許多「彎曲」之象，例如曲弓、彩虹、橋梁、新月……等。這時我們可以挑一個物件「丟」出去，再用此物件的科學特性「接」住它。在這丟與接的過程，傳遞作者的深意。

例如若要形容一個「老驥伏櫪、志在千里」的駝背老兵，就可以丟出一把戰弓：時光將他的背彎成一把戰弓，每個晚上，他的夢就會拉滿弓弦，將他重新射回戰場。

如果要形容一個筆耕不輟的文學家，可以選擇一條拱橋：時光將他的背壓成一彎拱橋，每個夜晚，他的繆思就會走過橋，帶走他的文字，走向另岸——文學家肉身無法參與的，不朽未來。

那如果是一鉤新月，會有哪些物理特性可以連結呢？例如新月的「外形」是枚鉤子，這個鉤子可以懸掛什麼？是未酬壯志？還是千里鄉愁？這個銳利的鉤子又想刺破什麼呢？是人間的虛偽？還是自己假大空的夢想？還有，天文學告訴我們，新月總會走向滿月，但如果這是他生命中的最後一次新月呢？這些發散與收斂、丟出與接住的邏輯訓練，適用於每一篇文章、每一段與每一句。

例如文中第一段丟出「太陽」，後面再用它的對比「月亮」接著：

她不像太陽那麼耀眼的存在，反而像月亮，靜靜懸在墨色的夜。然而，人們最容易遺忘的，亦是月光。

又例如形容外婆打電話來時語言的跳躍，先丟出「跳針」，後面再用「跳回」接住：

> 同樣的問句卻像跳針的唱盤，一直跳回我們的對話中。

接著是丟出「CPU」，再用「快閃記憶體」接住：

> 哥哥說，外婆CPU受損，快閃記憶體整個被拿掉。

如果「接」的文字量大，則前後文「始末相承、隔行懸合」，就會形成一個意象系統。例如作者丟出「下水」二字，則水中所有的一切物理性，皆可成為材料，去接住作者的「不言而喻」，例如：

> **我遂自告奮勇下水，想把外婆從記憶的漩渦，推上現實的此岸。**
> 可是看著外婆逐漸**渙散**的眼神，我也**瀕臨溺水**。
> 眞的，記憶的眞實性需要兩個人共同證明，可是粉碎回憶卻很簡單，只要其中一個人

不記得，那回憶，那場景，彷彿都是虛無飄渺的**海市蜃樓，消逝在時間的洪流中，成為旋生旋滅的泡沫**。

讀者可以發現，當「下水」二字形生勢成，則後段一個「興體以立、觸物圓覽」的「水象系統」於焉興成。當然，整篇文章最感人的部分，就是最後一段：

> 她又出門去，不在了；但沒關係，外婆，我會守著妳，我在。

簡簡單單的「出門不在」四字擲出，作者再用人間的深情接住，她告訴外婆，也告訴自己：「我會看顧著妳的肉身，等妳的靈魂漫遊歸來，妳偶爾在，偶爾不在，但我在，一直都在。」

現在邀請讀者一起欣賞學生M的文章〈在，不在〉，一起學會「字字相儷、日月往來」的意象書寫，慢慢你會懂，意象可以說出更多，我們說不出的話：

在，不在／M

To be or not to be is a question.

當我已習慣妳的存在，要我如何適應妳的存，與不在……

熱鬧的餐桌上，大家你一言，我一句滔滔不絕的說著趣事，但總有個身影很安靜，安靜地點頭，安靜地微笑，她聽不懂我們在講什麼，但從我們的神情，她知道，我們很快樂。她永遠都在我們身後忙進忙出，替我們打點一切，**她不像太陽那麼耀眼的存在，反而像月亮，靜靜懸在墨色的夜。然而，人們最容易遺忘的，亦是月光。**

她是我外婆，但，我熟悉的外婆，已經消失了好久。我第一次強烈感受到「**老**」，**是個動詞**，發生在外婆身上。

**那麼彎的背脊，被歲月拱成了時光隧道，輕易帶著外婆走回從前的世界，卻模糊了幾分鐘前隧道口的風景**。她開始反覆無常，變得難以預測，也難以接近。記得有一次，外婆打電話來問候我，但同樣的問句卻像**跳針的唱盤，一直跳回我們的對話中**，她似乎不記得剛才問過什麼，非得再問一次，才會安心。而我一遍、又一遍，耐心的回答她，直到外公發現了，才「啪搭」的一聲，把電話切斷，徒留嘟嘟聲，和我的掛念。

他們說，這是老年癡呆症；哥哥說，**外婆CPU受損，快閃記憶體整個被拿掉**。

大人們開始藉著忙碌，逃避那日益明顯的眞相。偌大的房子，逐漸空蕩，只剩下兩個孤單的靈魂相依著。**我遂自告奮勇下水，想把外婆從記憶的漩渦，推上現實的此岸**。

因此我常陪著她，帶她漫步在有我們回憶的地方，可是看著外婆逐漸**渙散**的眼神，**我也瀕臨溺水**。我拚了命的和外婆說著從前美好的時光：說在我上幼稚園的第一日，她在大門口擔心地站了一天；說她如何在人群中，找到走失的我，然後兩人**淚眼汪汪**，抱頭大哭——但她彷彿像個局外人，聽著，想著，卻沒有感受著。她**沉浸**在更久之前的時光，那個我不曾經歷過的時光，不停對我訴說著那些我未曾參與的人與事。我倆，咫尺天涯。

眞的，記憶的眞實性需要兩個人共同證明，可是粉碎回憶卻很簡單，只要其中一個人不記得，那回憶，那場景，彷彿都是虛無飄渺的**海市蜃樓**，**消逝在時間的洪流中**，**成為旋生旋滅的泡沫**。

外婆曾是我童年時候快樂的**泉源**，如今已經成了我極度想逃離的夢魘，只因我害怕，害怕哪天，外婆哪天認不得我了，那我該怎麼辦？我又該如何在她的回憶中，重新植入我的姓名，我的一切。

的確，世界上最遙遠的距離，不是生與死，而是我就站在妳面前，妳卻不知道，我是誰……。

從前，我人生的第一段路，是她牽著我的手，帶著我踏出了第一步；現在，我希望我能牽著她的手，走完人生最後一段旅程。我很感謝她，因爲在這**兩次牽手間**，她給了我數不盡的笑聲。

外婆驀然笑了，眼神卻望得好遠，我知道**她又出門去，不在了**；但沒關係，外婆，**我會守著妳，我在**。

# 09

# 「尋找意象」四法

## 學詩的意象，從「事件詩」出發最快

訓練尋找意象的四種方法：
「找動詞」、「抓對比」、「換虛實」、「臨場感」。

詩是意象的語言，而意象的取得與經營，卻也是初學者最大的難題。所以在詩教學的課程，我常從「事件詩」出發。因為一個事件中，就可以提供大量意象材料。而閱讀新聞與文本的過程中，學生挑選意象的過程，也是培養語感最好的訓練。

例如我曾請學生先閱讀我的恩師，石德華老師的大作〈不說〉。這篇散文由五個「情深不說」的小故事組成，其中一個故事，講的是八里療養院賴碧蓮護理長的故事。

先請讀者閱讀這篇佳文，並試著找出可以「入詩」的意象線索：

第二個故事，護理長的：

武漢二次包機東方航空公司這班飛機，也有不說的故事。

飛機上三名協助同胞返家的台灣醫護人員，只能以普通乘客的身分搭機，他們和武漢檢疫人員處於微妙的對峙，堅持，會破局；不堅持，防疫會破口。進與退之間分分秒秒都在靜觀、等候、拿捏，隨時水來，土掩。後來，台灣帶去的隔離衣被堆在空橋前，他們被規定不能發給乘客：「所有乘客都已採檢呈陰性，沒必要穿隔離衣。」

他們什麼都不能說，只能隨機用耳語傳播要穿隔離衣，有位乘客問明他們的身分後，便扮演「麥克風」的角色，告訴大家「他們是台灣的醫護人員，來帶我們回家的。」

後來三位台灣醫護人員，在機艙內，透過鏡頭看著國人魚貫走上空橋，每個人經過入口就彎身拿起一件隔離衣，空橋上一邊走一邊穿，很不好穿，他們相互幫忙穿。一位國人最後還抱起剩下的隔離衣和面罩，交還給醫護人員。爲隔離衣對峙六小時的事順利解決，二〇二〇年，三月十一日清晨，三位台灣醫護人員陪一九二名乘客安全抵達國門。

八里療養院護理長賴碧蓮，經歷SARS抗疫工作，也到日本接鑽石公主號國人，這次武漢包機，她內心小劇場一陣之後，還是在第一時間就報名。家人事先知道嗎？「不能說」，接受訪問時她笑著說，返家隔離十四天，她執行得很徹底，到第六天時，寂寞感還讓她必需打「1995」隔離專線，我看著她在螢光幕受訪時，笑著述說自己的被隔離：「將手伸出窗外，晒一下太陽也覺得眞好。」

「但是，我愛家人有多深，距離就有多遠。」

不知道讀者挑選了哪些文字？我們可以先看這堂課中，學生芷瑜完成的作品，大家可以找一找，哪些意象被她選擇利用，甚至連結出更多的意象系統：

## 不說

▼許芷瑜

二〇二〇年三月十一日晨，三位台灣醫護抵達武漢，陪同一百九十二名乘客飛抵國門。醫護之一的八里療養院護理長賴碧蓮，第一時間報名。記者問：「家人知道嗎？」她笑答：「不能說。」

當王冠帶走每日的問候聲
你與病毒**微妙對峙**

有生命在你眼前
一一化為流星

你說**距離有多遠**
**愛，就有多深**
於是妳悄然出航
密謀拉回一百九十二顆星子

**空橋**漸空，思念不空
你們**互相幫忙穿上隔離衣**
像候鳥替同伴梳理羽毛
開始飛向南方

隔離衣隔離不了愛
也隔離不了擁抱

不需張開雙臂，像肥肥的一隻隻小熊
尾巴永遠勾著北極星

**病理檢測為陰**
但我們的心永遠屬陽
給你溫暖，給你互常的日與夜
像太陽愛地球那樣

戴著口罩，不說，有些話不能說
但你們都可以跟著我
小熊跟著大熊
來，**我帶大家回家**

讀完，我們依序可以發現「微妙對峙」、「距離有多遠，愛，就有多深」、「空橋」、「互相幫忙穿上隔離衣」、「病理檢測為陰」、「我帶大家回家」等文字，都是來自文本。

從文本尋找可用的材料，可以訓練尋找意象的四種方法：

**第一種是「找動詞」**：動詞是破壞散文語言、構建新詩語言的「樞紐」。藉由調動動詞前後主詞（物我），可以快速寫出意象語言。例如文本原句是「和武漢檢疫人員處於微妙的對峙」，將主詞由人轉為病毒，就變成「與病毒微妙對峙」。

**第二種是「抓對比」**：各種詞類均有對比（相反）詞，例如空橋「漸空」，可以對比出思念「不空」；病理檢測為「陰」，聯想到「陽」。「陽」是正面的、溫暖的，所以衍生出「我們的心永遠屬陽／給你溫暖，給你亙常的日與夜／像太陽愛地球那樣」。

**第三種是「換虛實」**：例如隔離衣原來是隔離實體的「病毒」，改為隔離虛的「愛」與「擁抱」。事實上，散文裡的「距離有多遠，愛，就有多深」這句話，本身就是使用「對比」、與「虛實」兩種技巧的佳句。

**第四種是「臨場感」**：很多事件都會伴隨著照片影像，影像中就可以提供大量的材料，像是N95口罩、兩層手套、防護衣、護目鏡、空橋等。當然，如果運用五感想像力，讓自己「看見」護目鏡後關愛的眼神、「聽見」飛機低沉的引擎聲、「嗅到」隔離衣裡累積十幾個小時的汗水味，與「感覺」檢疫要求遭大陸拒絕的緊張感，這些「如臨現場」的語言，都是最好的文學語言。當然，現場乘客的那句傳話：「來帶我們回家的。」真的會讓聽者一秒落淚。這麼有溫度有重量的現場語言，巧妙放在詩的末句，不僅點出任務的主題，而且為整首詩「畫龍點睛」。

芷瑜第一次交來作品，因為缺乏想像力與「尋找意象」四法，意象不豐，僅出現「生命在你眼前一一化為流星」可堪發展，這樣的單薄內容，尚撐不起一首好詩，因此我請她將「星星」一個單純意象，發展成「意象系統」。

「妳覺得天上的哪些星星可以代表醫護人員？」

「北極星吧，北極星好像可以給候鳥方向。」

「很好，意象語言就是物理語言，用物理講人理就是文學，我們用萬物之理發展下去，」我繼續引導：「那根據星象學，北極星是屬於哪個星座？」

「不知道耶。」

「可以上網查啊！」

學生拿出手機，打入北極星三個關鍵字，緩緩唸出：「北極星是指最靠近北極的恆星，是北半球能見到的極星。現在的北極星叫『勾陳一』，『勾』住的，是小熊星座的尾巴。」

「太棒了，太棒了，妳已找到足夠可入詩的好東西。」

「老師，哪些是好東西啊？」

「詩是意象語言對不對？什麼是意象？意象就是用看得見的圖像，去講看不見的心意。我上課說過，哪些詞最容易產生圖像跟畫面？」

「老師說是……動詞及……名詞。」

「好，妳回想一下，妳剛剛講了哪些動詞及名詞？」

「北極星、候鳥……勾、小熊星座……尾巴……好像沒有了。」

「很棒，妳就用這些詞彙來代表醫護人員跟武漢台胞。」

「代表醫護人員？呵呵，老師，你有沒有覺得白色的隔離衣穿在身上，每個人白白胖胖的，都像是可愛的小熊。」

「哇！妳剛剛是『圖像思考』耶！這就是語感了！妳讓我想到大熊帶著小熊回家，太可愛了！」

討論完後，一個原本創作力不足的學生，因為擁有借來的「事件系統」，以及自己發展出來的「星星系統」，回去按照「故事線」排列句型，在經歷五次的引導與精進後，終於完成了這首新詩版的〈不說〉，而且非常幸運，拿到了十六校聯合文學獎的首獎。芷瑜寄了這首詩給賴護理長，她很高興，回覆芷瑜：「讓我感動是，我什麼都沒說，但妳確實懂我。也抱歉，我正忙著要設檢疫所，一直沒時間回信給妳。」賴護理長永遠衝到第一線，想讓更多人，可以平安回家。

當然，寫「事件詩」時，若怕讀者對事件本身不熟悉，可以在前面以精簡散文介紹事件，但建議以不超過三行為宜，超過了，就會有喧賓奪主之憾。

自己在習詩初期，也因為語感不佳，創作力不足，因此常參考新聞事件，練習寫「事件詩」。例如在二〇一二年在報端看到「黃智勇與蔡秀明」讓人摧心落淚的新聞：

## 黃智勇與蔡秀明，百萬步的築夢眞愛

黃智勇在一九八五年完成自己第一次徒步五十天的環島旅行，結為連理後，彼此相愛的兩人約定好，黃智勇終其一生一定要帶著蔡秀明去徒步環島！

然而人算不如天算，蔡秀明幾年後越發覺得自己的雙手雙腳難以靈活自如，直至一九九五年被檢查出罹患「小腦萎縮症」，突臨噩耗的兩人曾經一度陷入對生命無望的低迷之中。黃智勇隨即於六月十七日選定桃園觀音鄉開始環島。他說：「她的病越來越重，我再不出發，她可能看不到了。」

黃智勇實現對妻子的承諾，推著輪椅，帶身體傾斜（黃智勇說，就好像布袋戲的祕雕）的蔡秀明徒步環島，在假日以分段的方式進行，沿著西部公路、東部海岸線，走過烈日風雨，一步一步的，欣賞沿途的花草、浪花。見到迷人美景，蔡秀明總會咿咿呀呀說：「這兒好美、老公加油、我很開心。」這些話都是鼓勵黃智勇的動力。而蔡秀明也在旅途完成、毫無遺憾的走完最後一程不久後，無憾離世。

看完報導，我便用本文介紹的方法，完成了〈帶我，走〉一詩，很幸運拿到了第二屆新北市文學獎新詩組首獎。讀者可以仔細閱讀研究，看看哪些句子是利用「找動詞」、「抓對比」、「換虛實」、與「臨場感」寫出的：

## 第二屆新北市文學獎新詩組首獎

### 〈帶我，走〉

▼蔡淇華

那年，黃智勇推著癱坐輪椅的妻子蔡秀明
在她離開人間之前，展開台灣環島之旅……

那天太陽就坐在前方，我看見
太陽的膝蓋上也有一塊拼花布
和我同樣的
沿花東海岸梯田
行腳維持細細暖暖的日常
此時，距離死亡較近
距離下一個海灣還很遠

我不確定會先抵達誰的小徑
但肌肉萎縮的我，更容易穿越雨林如
穿越一切嫌隙，或是所有悲喜
而海岸線拉著我
移動總是比僵持容易
轉念也比風聲更輕

我坐在輪椅。喜歡簡單的問題
像走，就是現在；愛就是回答我在
活著就是歡迎一切陌生
從風景中走出來

雖然海浪激動地拍出浪花
我想像的白蝶
來不及有自己的花蜜

但不用降落的一種起飛
像詩一樣有狂喜（雖然我感到抱歉
在死亡之前
以一種傾斜的姿態
就把海的藍全部倒給你）

我愛你，推著輪椅以及
把我當成蒲公英
卻怕我吹走的那一天起

# 10 寫作就是寫動作

## 你是行走的費洛蒙？還是會呼吸的時尚？

寫作就是學寫動作，以後要描寫嫻靜的女生，
記得別再限於「端莊賢淑」的形容詞，要記得刻劃她：
雙手像蝴蝶，輕輕停在百褶裙上……

宋徽宗趙佶喜歡繪畫，而且喜歡自己主考畫院的畫家。一次考題為「踏花歸去馬蹄香」，多數考生只照字面，描繪馬兒在花間行走，或是馬蹄殘留花瓣，但都無法體現抽象的「馬蹄香」。最後雀屏中選者，是一幅畫著駿馬徐行，幾隻蝴蝶在馬蹄前後飛舞的作品。

我們常說寫作需要想像力，其實「用文字畫圖」，只「想」出「形象」是不夠的，我們還必須做到「細節處動起來」。所以當「蝴蝶追逐」的動作一出現，抽象的「香味」就具體呈現了。

再舉個例子，我們要如何形容抽象的「幽靜」？可以比較白描的「山林一片幽靜」，與「視覺的動作」，看哪一個更有文字效能？試看南北朝王籍〈入若耶溪〉中的詩句：

蟬噪林逾靜，

鳥鳴山更幽。

「蟬噪」與「鳥鳴」的動詞，是不是比「幽靜」的形容詞，更能描繪出抽象的安靜。所以在教學時，我常說「寫作就是寫動作」，其實這個技巧是為了服膺人類進化的科學。原始的人類為了自身的安全，會先留意周遭「會動」的事物，所以我們在寫作的時候，要盡量製造文字的「動感」。

「寫動作」不僅可以產生畫面感，而且可以根據動作「積句成章」衍生成「意象系統」。會不會創造出動感的意象，是寫作能力高下的重要指標。大部分作家天生嫻熟這一塊，但一般人也可藉由練習，訓練自己大腦的「視覺想像力」，成為「後天」的天才。

本篇擬分享五個「寫動作」的方法，也會出一些練習，跟大家一起互動喔！

## 方法一：「加動作的比喻」

龍應台在《大武山下》中，形容黑色的雞是「像塊會走路的炭」；描寫影子是「濃縮成一個踩在腳下的黑蒲團」；談到正念思考，是讓自己的心做一個「清風流動的房間」，或是做一條「大水浩蕩的河流」。都是「加動作的比喻」，讀來是否覺得超有畫面？

再舉另一個例子，邱妙津在《鱷魚手記》中，形容「她的微笑讓我越來越冷」時，她將抽象的「冷」字轉變成「越積越厚的雪」，變成「她的微笑是越積越厚的雪」。「炭」、「黑蒲團」和「雪」是比喻；「走路」、「濃縮」、「踩在腳下」和「越積越厚」是動作。結合起來就變成「加動作的比喻」。

現在的流行用語「行走的費洛蒙」，是相同的用法。例如我們想要形容一個人很會穿搭，會說他「很時尚」，這時候只要再找一個動作去修飾就更傳神了。例如「會呼吸的時尚」或是「移動的時尚」。

又例如將思念比喻為河流，我們可以設計很多河流的動作，例如「氾濫」的河流，或是「多語」的河流。之後我們就可以再根據這個動作「有邏輯」的延伸，一個「意象系統」就出來了。例如：

1. 對她的思念是條「氾濫的河流」，我的生活已被「淹沒」。

2. 思念是條「多語」的河流，每日在我耳邊「絮絮叨叨」。二十年過去，我已聽不見「快樂」二字。

以下有三個問題，讀者可以繼續練習。

問題一，請填寫比喻（名詞）：

我的婚姻是一件破損的「　　　　」，尚能保溫，但已露出生活的敗絮。

問題二，請填寫動作（動詞）：

新鮮人的薪資是被資本主義「　　　　」的玉米，青春在大都會拚搏幾十年後，只能撿食地上的殘粒。

問題三：請根據意象系統填下形容詞：

「我們的婚姻」是一條「用罄的護唇膏」，所有的幸福都已「　　」、「　　」了。

## 方法二：「物做人的動作」

記得在一場餐敘中，聽見一位媽媽對三歲的小女孩說：「小心喝，會燙。」女孩童言童語：「媽咪，湯匙為什麼不會被燙到呢？」

還有一次，看見一位父親斥責抱著大樹的小男孩：「要回家了，你在那邊做什麼？」「我在聽老榕樹講話，你用耳朵貼著它，會聽到不同的聲音喔！」男孩的天真回應震懾了我——原來每一位孩子，因為想像力尚未受到制約，都還是天生的文學家，但他們是什麼時候失去了上天賦予的超能力呢？

事實上，好的文學家，都尚未失去「相信萬物皆有靈」的「想像原力」，所以仍保有語言的巫術。他們信手拈來，就能呼風喚雨，讓萬物靈動，派生文字新意。

例如龍應台用「身體與心靈的『脫臼』」描寫身心的不安頓。她寫天空有閃電，是「閃電在山頭『做法』」。鍾怡雯寫信件的燃燒，是「火焰的紅舌把信件都『吃完』」；寫茶樓的急遽衰頹是「茶樓在歲月的大手『搓洗』」。胡淑雯寫衰老，是「白髮『想起』自己的年紀」；寫害怕到說不出話，是「恐懼化作一碟熱油，『淋』過我的喉管，我像童話中的人魚，突然失去了聲音」，而描寫安靜，則是「除了網上的蜘蛛，沒有人『聽見』時間在動」。

我們可以發現這些散文大家都擅長於「視覺思考」，他們會運用現代詩的意象，以及小說的魔幻寫實，賦予萬物行動的能力，甚至提升到與人同高（或更高）的位階。

以下是我最喜歡的詩人，《創世紀》詩刊主編嚴忠政的名句。嚴忠政的每本詩集都是傳世極品，萬物在他筆下，因為巧妙連結人類的動詞，充滿生趣、畫面感與神話的永恆感。大家試著練習，真的可以找回「遺失」的視覺想像力喔！

1.〈履歷表〉

有一座小小的島＿＿＿＿我（人資請你到公司，他會做的動作）

2.〈南華鐘聲〉

剛剛回到廊柱

瓦片就要＿＿＿＿月光（瓦片回映月光，卻用人的動作）

3.〈認識〉

佛才拍手，微笑地收下

剛剛＿＿＿＿起來的塵埃（人想要努力向上的動詞）

和剛剛落下的因果

4.
〈接近〉
這是你的房間
被雨水______過的，才是窗景（電腦的語言）
你的美麗才能一點一滴
像撫摸了
______的霧氣（情人不好意思親密）

5.
〈無害〉
你說有一種愛，無害
太高，雨就______下來（大人跟小孩子講話，需要的動作）

6.
〈妳應該被愛〉
風如果還沒有______時間（人如何靠嘴巴產生氣流）
此時，妳應該還在被愛的地方

7.
〈七月條件〉
夏天不______（多一人，但旅館不收費的條件）
青春又瘦又黑……

海把天空搬到墾丁大街……

如果回家暑假＿＿＿＿（父母不讓你進門的動作）

這些紀念，剛好紀念這些

一整夜

你看月亮＿＿＿＿（不穿衣服的天體）

8.〈死亡向我展示他的權利〉

閃電＿＿＿＿了藍天（老師對學生作業作的動作）

9.〈踩了會痛的影子〉

夕陽＿＿＿＿著紗布

時間＿＿＿＿義肢

我是妳的影子，是那種

踩了會痛的影子

10.〈羅漢腳與九曲巷〉

你有木柵，他有竹圍

我騎在土牛的脊背，遠眺是五堵、七堵

我們曾經械鬥，重重傷及日月
時間停在銃眼伸出的日晷
像年號呀，一天比一天晦澀
那年，羅漢腳走進九曲巷
風沙——在隘門前面磨牙（人優閒時的動作）
不知道是相處太難，還是覺醒太慢
我們總在行將黎明的胸口構築槍樓
忘了無需瞄準，僅僅是把槍放下
便有曙光——天涯（雙手打開的動作）

讀完最後一個練習，大家是否發現，面對人類最悲愴的殺戮史，用直白的語言敘述，只會看到血腥的斷臂殘肢。所以我們必須將島嶼的恩仇還諸天地，讓萬物的動作逼視人類，我們才能學會不再重傷日月，學會把槍（歷史）放下，與曙光一起，攤開天涯！

## 方法三：「人做物的動作」

在生活日常，我們常借用萬物的動詞，來生動描繪人的樣貌。例球隊比賽時「當機」，用的是機械的動詞；演講表現很「掉漆」，用的是粉刷牆面的動詞；當我們形容一代詩人「殞落」，用的是星星的動詞；在文學裡「行光合作用」，用的是植物的動詞。這些都是我們嫻熟的用法，但熟則爛矣，無法再激發想像力與美感，所以我們要試著去「開發」更多的可能。

最棒的方法是整理物理的「動詞系統」，例如觀察一隻貓的日常，你會找到這些動詞：

> 豎起尾巴、輕舔觸鬚、整理毛髮、抓傷地板。

找到後，可以試著造句。例如：

> 上學第一日，我像一隻剛被收養的野貓，時時「豎起尾巴」保持警惕。然而考試總是讓我受傷，我只能「輕舔斷裂的觸鬚」，「整理」失去光澤的「毛髮」。而明日的考試，

仍會用分數，「抓傷青春的地板」。

這是個物質爆炸的年代，世界擁有太多的鳥獸名物，以及他們衍生的動詞，讀者可以試著整理，再練習替換主詞造句，例如下列三組：

**飛機**：起飛、降落、迷航、空間迷失、遭遇亂流

**台灣欒樹**：掉葉、季節換色、長出新葉、在九降陣風中飄搖

**手機**：黑屏、斷訊、指紋辨識、電量過低

這些動詞乍看平淡無奇，但拿來人的情境中使用，卻可為閱讀創造意想不到的新意，例如：

1. 飛進廣告業的厚雲中，我進入了中年的空間迷失。
2. 本以爲這是我長出彩色新葉的季節，想不到我只剩一身枯枝，在九降陣風中飄搖。
3. 我找不到學生的驅動程式，今天他們上我的課，每一個人都「黑屏」了。

## 方法四：「科學現象法」

「溫暖的觸及，那一瞬間，天地都乾淨了。」

看到這個句子，讀者會覺得作者能寫，但當你讀了邱妙津的文字，才知道什麼是更高的層次：

溫暖的觸及，那一瞬間，全世界的塵埃都落地。

有沒有覺得「塵埃落地」會比「乾淨」更動感，也更有畫面！

這個方法很簡單，就是將「名詞＋動詞」換掉原來的「形容詞」，而且符合「物理現象」的精準。例如鍾怡雯在《垂釣睡眠》中形容自己的癢是「自律神經鬧獨立」，因為癢的起源是「自律神經失調」。

底下再舉出一些轉換的例子：

**工作讓我憂鬱**：一到公司，血清素就迅速逃離我的大腦。

**狗狗讓我快樂**：我的多巴胺追著這些狗狗，跑動起來。

**皮膚老化**：膠原蛋白告別我的肌膚，我青春的地基也鬆動了。

**心情潮濕**：剎那間，全世界都進入了雨季。

看過這些例子，你想要如何「換句話說」，改寫這些形容詞呢？

疲倦：＿＿＿＿＿＿＿＿＿＿＿＿＿＿＿＿（EX. 腎上腺素）

難過：＿＿＿＿＿＿＿＿＿＿＿＿＿＿＿＿（EX. 暈厥、嘔吐、反胃、腿軟、鼻頭酸酸、靈魂離開軀體）

## 方法五：「動詞換形法」

樂府詩〈羅敷行〉不用形容詞，卻能讓羅敷的美貌躍然紙上，我們先試觀原文：

「頭上倭墮髻，耳中明月珠。緗綺爲下裙，紫綺爲上襦。行者見羅敷，下擔捋髭須。少年見羅敷，脫帽著帩頭。耕者忘其犁，鋤者忘其鋤。來歸相怨怒，但坐觀羅敷。」

先看前段白描——「頭上梳著墮馬髻，耳朵上戴著寶珠做的耳環；淺黃色有花紋的絲綢做成下裙，紫色的綾子做成上身短襖。」讀完這一段，不知讀者有感受到羅敷的豔美嗎？應該沒有，但是看到下段，完全放棄「2D白描」，進入「3D動作」的刻畫後，看看是否有驚豔之感：

「走路的人看見羅敷，放下擔子捋著鬍子注視她。年輕人看見羅敷，禁不住脫帽重整頭巾，耕地的人停止犁地的動作，鋤地的人停止鋤地的動作，導致相互埋怨農活都沒做，只爲了觀看羅敷的美貌。」

時間暫停、空氣凝結了！是的，真正的美是可以凝結世上的一切，讓人屏住呼吸，所有的動作完全停止。

華文世界對美的修辭極致，都是用「動作」來形容。

《莊子．齊物論》中如此形容毛嬙、麗姬之美：「人之所美也，魚見之深入，鳥見之高飛，麋鹿見之決驟。」是的，太美了，自嘆弗如，所以魚兒潛入水底，大雁高飛，麋鹿逃跑。除了「沉魚」、「落雁」，還有月亮和花朵見了美人，自慚形穢，決定「閉月」與「羞花」。

曹雪芹寫《紅樓夢》，更是擅長用動作去展現人物的不同個性與樣貌，例如在〈劉姥姥進大觀園〉一回中，如是描繪：

劉姥姥便站起身來，高聲說道：「老劉，老劉，食量大如牛：吃個老母豬不抬頭！」說完，卻鼓著腮幫子，兩眼直視，一聲不語。眾人先還發怔，後來一想，上上下下都一齊哈哈大笑起來。湘雲掌不住，一口茶都噴出來。黛玉笑岔了氣，伏著桌子，只叫「噯喲」！寶玉滾到賈母懷裡，賈母笑的摟著叫「心肝」！

為人爽氣的史湘雲性格活潑，是個直腸子，所以會像個男孩子，索性讓一口茶噴出來。弱柳扶風的林黛玉敏感、細心、自尊心強，所以伏著桌子，不好意思讓別人看見自己笑岔氣的失態。貴冑子弟賈寶玉，受賈母過度溺愛，所以會滾到賈母懷裡。

又例如朱自清的〈背影〉，其最動人的地方，絕對是父親「蹣跚地走到鐵道邊，慢慢探身下去」為兒子買橘子那一段。《三國演義》描寫關羽的忠義抉擇，則是「曹操贈衣」那段最傳神——關羽當著曹操的面，換上新袍，然後再把舊袍罩上。一個小小的動作，清楚說明「人在曹營心在漢」的幽微心境。

寫作就是學寫動作，以後要描寫嫻靜的女生，記得別再限於「端莊賢淑」的形容詞，要記得刻劃她「雙手像蝴蝶，輕輕停在百褶裙上」。若要形容校園的籃球隊長時，也別淨是描寫他身高幾公分、留哪一種髮型，要注意他在球場上每個細微的動作，例如「對方中鋒上籃時，像山一樣定在禁區，接受最猛烈的撞擊」、或是「汗水和血水從他的眉梢滑落，但眼神定在計分表上」。

每個細微的動作都會顯示一個人最真實的內在，或是最真實的愛。例如父母的愛不是只有「慈愛的」一種形容詞，它可能有一百種不同的動作，可以是「永遠在桌上留一碗熱湯」、「晚歸時不關的燈」、或是「為了孩子補習費，永遠騎著老爺車」。

今天起，請「精心」關注他人，容許萬物「經心」，即可能在日常細微處發現「驚心」的動作。將它一一記取下來，總有一天，你的2D文字，也會動起來，成為3D的感人畫面！

※**參考解答**：

**方法一：「加動作的比喻」**

**1.大衣；棉襖　2.啃噬；啃咬　3.乾燥、龜裂**

方法二：「物做人的動作」

詩人原句參考：（詩無正詁，沒有標準答案，能玩出感覺，就是一百分）

1.面試　2.倒出　3.振作　4.下載；怕羞　5.蹲　6.吹皺　7.占床；反鎖；裸睡

8.批改　9.裹；接上　10.蹲；攤開

方法四：「科學現象法」

疲倦：腎上腺素已用罄，我只剩下會呼吸的軀殼。

難過：一陣暈厥、嘔吐與反胃，聽到M的離去，我突然失去了思考的能力。

# 11 散文要怎麼散？跟〈洗事〉學習散文的六大技巧

六大散文技藝：敘事結構嚴謹、「小題大作」的創新視角、意象系統精準、節奏明快、題目巧妙對比、鏡頭跳接，首尾呼應。

每當學生想看散文範本時，我總會首推第十四屆林榮三文學獎散文首獎作品〈洗事〉。這篇作品的敘事結構、意象經營、節奏文氣與隱喻埋伏，都做了精緻的示範。感謝作者胡靖授權全文刊登，以下茲整理〈洗事〉一文的六大散文技藝，供讀者觀摩學習。

## 一、敘事結構嚴謹

散文的「段」，來自「斷」。好的散文必須做到「句斷意連」，這斷與連的藝術，要做到「草蛇灰線，伏脈千里」的環環相扣，則必須要處理三條線路，分別是故事線（storyline），情理線（consistency），接段線（coherence）。

**第一條，故事線**：

〈洗事〉的故事線有兩條主軸，「蝸居洗事」與「上班生活」有機地「散」在全篇。本文三十段，作者分成三大部分：一至十八段構成第一部分，兩條故事線錯落糅合；在十三、十四段，岔出青春期初經月事的浴室，帶出更深沉的主題「我不願面對的成長」。

十九至二十三段只講上班，卻引出一位朋友，她羨慕作者能在家上班，但是她的「房間被公司占用」，「時間被公司占用」，常常說做不下去了，卻「知道隔天依然會去上班」。這條朋友支線非常重要，讓文章更飽和，讓主題的控訴也更有說服力：我們都是被這個都市「占用青春」的犧牲者。

散文的後段一定要「扣題」，所以文章二十四至三十段要主講洗滌之事。

**第二條，情理線**：

故事線向前推陳情節，但散文與故事的最大不同，是散文有一個「煞車器」——敘事者跳出來講講心底話。心裡話講「情」，故事線說「理」，出入於內在與外在世界，才能做到「情理交融」的節奏。然而倘若心底OS太多，讀來黏滯；一味說故事，則不登大雅。

現代散文的抒情，大都已交給詩的意象處理。例如第五段「來來回回洗了三次，衣服竟然被洗破了」，是作者的OS，卻也是最深沉的情感自剖。「大悲無語」，所以讓洗破的衣服代言，方能收含蓄之美。

**第三條，接段線**：

不管是故事線、還是情理線，都需要在分段時放上副詞或伏筆，產生段與段的邏輯。其中最常使用的，是「時間與地點」，這是故事最重要的「節點」。例如在〈洗事〉的每段起頭，我們會發現「前幾週」、「和其他編劇碰面之前」、「工作以後」、「回租屋處」、「某日開會回來」、「到職前的編劇課上」等副詞片語。這些時間地點，都不是文學語言，卻是讀者閱讀時最依賴的「線索」。初學者喜歡忽略這個小細節，結果讀來如入五里霧中，茫然不知所終。

每段的結尾與下一段的開頭，則是創造連結邏輯的好所在。

例如十三段的結尾「十餘個人共用一個空間，一個機台，暗地裡不免有太多種『生活習癖』勾結在一起」，接十四段的開頭「我常趁著洗澡的時候將內衣褲丟在腳邊的盆子浸泡」，這個動作便是極私密的「生活習癖」。

另外十四段的結尾「一陣子後水色轉紅，浴室裡的雲霓隱約瀰散著血的氣味」接續十五段的開頭「已經忘記初次手洗內褲是什麼時候的事，只記得它占去我整個青春期中，許多個上學遲到的清晨」。這段「月信」連結，很巧妙的將時空由現在穿越到過去。

## 二、「小題大作」的創新視角

南方朔曾說：「作家有一個天職，是將熟悉事物陌生化，把平常事物神話化。」要將熟悉化為陌生，最好的方法，就是「小題大作」，以創新視角「日常見反常」、「平凡見非凡」。例如文中「排滿各色塑料臉盆。臉盆等同於滷味攤的菜籃，可以充作排列順序的號碼牌，一人一盆，全員到齊才能進入。」

沒有人會想到排隊洗澡的塑料臉盆，會等同於滷味攤的菜籃。這樣的新視角，乍看讓人會心一笑，然而細思後，會理解這群蝸居老公寓的年輕世代，被都市化擠壓在窄仄的空間求生，他們付出所有的青春，卻被資本主義分配到稀少的資源。

筆者剛從大學畢業時，也租屋在首都木板隔間的老公寓，當時月領一萬二，房租八千。當我為公司完成一個又一個賺錢的案子，我的薪水三年內只漲了一千，扣掉飯錢，有時連回家的車費都不夠。三十多年來，北漂的新世代，還是重複著相同命運輪迴，就像另一「上帝視角」的書寫：

「有幾件衣物長年掛在陽台，經過風吹日晒，纖維鬆脫得像一張薄脆的紙，版型塌陷斷裂。它們的主人去哪了？我問了隔壁的室友，衣服是妳的嗎，她看著衣服頓了頓，說應該是前幾任房客遺留下來的。」

那幾件長年掛在陽台，被風吹日曬後薄脆斷裂的衣物，誰會看見？誰會去書寫？然而胡靖看見了。前幾任房客遺留的，其實是一個個「纖維鬆脫斷裂」的夢想。就像我當年，理解自己在大都會的水槽裡，已經被淘洗得「版型塌陷」，再拚個十年，也買不起棲身之所，只好黯然離開廣告界的大夢。

胡靖擁有過人的內視能力，用情感節制的深邃視角，在實像的殘缺中，映照出另一種完整與清明：那完整是南方朔所說的神話感，一如卡繆筆下的「薛西弗斯神話」，呈現每個世代的青年，就像薛西弗斯，被懲罰將一塊巨石推上山，而石頭到山頂後再翻滾回原處；而那清明，是清晰闡明年輕人與世界對立，永遠重複推著石頭的荒謬。

## 三、意象系統精準

黃錦樹曾對於抒情散文與現代詩，界定一個很明確的依附關係：「散文（這裡嚴格限定為抒情散文）如果不想流於文字的白描，平鋪直敘的自我暴露，唯一一個可以選擇的道路，就是借鏡於現代詩。那條路徑我曾把它稱為修辭的拓展。但它不限於修辭，而涉及詩的各種技藝。」

詩是意象的語言，抒情散文若失去了意象，就如同天地少了山水，變成失去立體感的貧脊荒原。〈洗事〉一文借日常洗滌之象，暗喻心志消磨之意。各種大小洗事意象鮮明，縝密編排於全篇，精準類比都市蝸居生活況味，例如第五段：

> 一個圓桶型，沒有任何爪子尖銳物的機具，竟然能有這般撕裂的力道。

作者用洗衣機精準指涉這個看不見「尖銳爪子」的城市，對青春的年華及夢想，竟然能有這般「撕裂的力道」！

## 四、節奏明快

作家蕭蔓對散文的節奏設定了一個有趣的標準：「我要求散文的速度，比詩慢，但要比小說快。」好的散文節奏需做到不疾不徐、濃淡有致。很多閱讀集中於小說的新寫手，習慣用長篇小說的工筆寫景，挪用於散文的開頭，結果讀了五行，人物還沒進來。這種文溢乎情的賣弄，速度過於平緩，甚至讀來停滯。也有很多學生用詩的淡筆省略情節，然後很快進入情緒，讓人快速讀完後，會忍不住抱怨：「你能給我一個故事嗎？」

然而〈洗事〉的作者是個敘事高手，在此文她做了「節奏明快」的最佳示範，讓我們試讀文章的開頭：

> 手機叮叮噹噹響起來的時候，門外的洗衣機也剛好咚地一聲停止運轉。我翻個身，看群組裡仍在加班的同事傳來一排簡報和貼圖。

「手機叮叮噹噹」帶進聽覺及都會感；「門外的洗衣機也剛好咚地一聲停止」引進了主角「洗衣機」；「我翻個身，看群組」讓作者出場；「加班的同事」則替全篇的忙碌感定了調。短短兩行，不僅有畫面感，而且將兩條故事線都開了頭。

要控制好的文字節奏，就要做到「沒有冗辭」、「每個字都有效能」、「長短句錯落有致」，以及「一字有二字意思」等四件事。〈洗事〉可以拔貢掄元，就因為做到上述要求，節奏收放自如，敲打出自然渾成的節拍。

## 五、題目巧妙對比

「洗事」諧音「喜事」。作者下標就設計了巧妙的對比：

我們公司要製作一齣情境喜劇，這個社會太沉悶了……編劇課上，隔壁的女大學生舉手發問：「我想寫一個貴婦的故事，但沒有嫁入豪門，該怎麼寫？」……看一部又一部美國喜劇，卻似乎沒有太大的幫助，編寫劇本的進度仍然維持著零。

「要製作一齣情境喜劇」的社會新鮮人，與「豪門」無涉；雖然看一部又一部美國喜劇，但編劇進度仍然是零。這生活表象的「喜事」，對比出的，卻是傷悲的「洗事」。

## 六、鏡頭跳接，首尾呼應

《辭源》中「詩眼」的解釋是：「唐人五言詩，工在一字，謂之詩眼」。今日遣詞造句，可以給人耳目一新、過目不忘的文字，都是各種文體的「眼」。而散文的眼睛，就是結尾。大凡一篇散文鋪陳全篇，漫天飛花，東拋西撒，終究必須用末段一繩收束，那繩索是作者的立場，是作者立足天地間的僅存一線。

如同王鼎鈞的名句：小說，就是「不說」。散文的主旨亦然，不能說明，不能刻意雕琢，才能淡中見其濃，輕中見其重。所以收束全文的繩索不應用白話明說，最好隱藏在一個鏡頭中，讓這個淡遠鏡頭，收遼闊之意。

例如二〇一九台積電青年學生文學獎的散文組首獎〈重慶印象〉結尾：

「妳喜歡這裡嗎？」恍惚間我聽見他問。

噢重慶，美麗、悲傷，一如既往。

我輕輕地嗯了聲，不知道他有沒有聽見。

最後鏡頭中淡淡的簡短對話，卻濃濃表明了作者「人微言輕」的自覺；輕輕地嗯了聲，是對父親長久缺席的重重叩問（有沒有聽見）。

我們試看〈洗事〉一文最後的鏡頭語言：

> 啊，是什麼時候不知不覺磨平了呢，新洗衣機的蓋子上也有大片的玻璃，我伸長脖子一看，只見到水中載浮載沉的衣服，與自己的倒影。

這個鏡頭不僅暗喻自己的青春年華「不知不覺磨平了」，而且巧妙與前面的鏡頭「跳接剪輯」。

例如中段的提問：「當初設計者為什麼要嵌一片透明的玻璃在蓋子上？真的會有人拉長脖子，觀測裡頭的水渦嗎？」最後是自己透過蓋子上的大片玻璃，伸長脖子一看。

更厲害的，是與第一段的首尾呼應：「洗衣機咚地一聲停止運轉」與「（洗衣機重新運轉後）水中載浮載沉的，自己的倒影」，一靜一動，除了謎底揭曉，告知讀者自己就是那件「水中載浮載沉的衣服」，而且更令人虐心的，是都會這台巨大的洗衣機，將永遠運轉，「磨平」自己，與一代（袋）又一代（袋）投入洗衣槽的新衣。

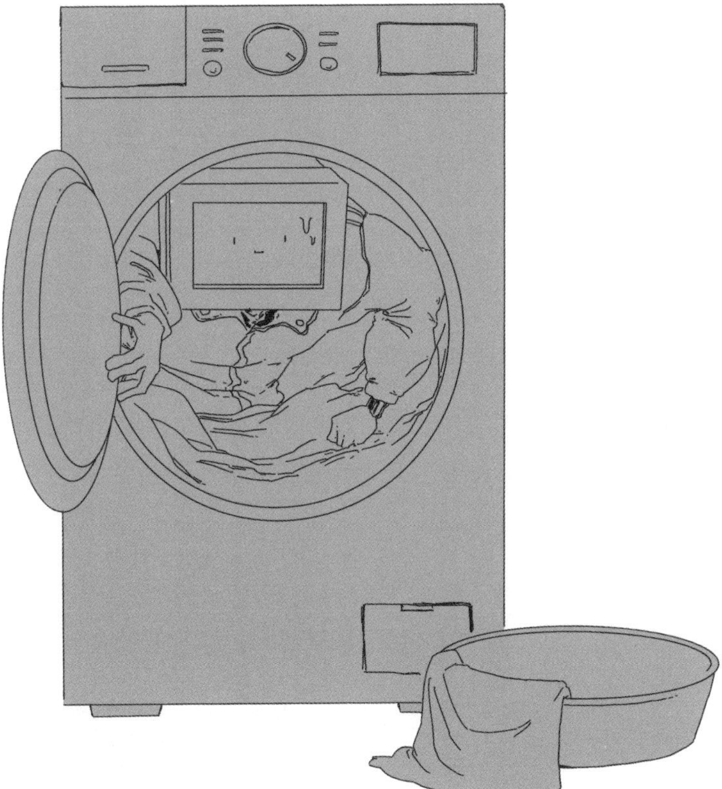

# 附文：洗事

▼胡靖

手機叮叮噹噹響起來的時候，門外的洗衣機也剛好咚地一聲停止運轉。我翻個身，看群組裡仍在加班的同事傳來一排簡報和貼圖。

前幾週趕出來的報告被退回了。會議上，有大半討論圍繞在簡報第三頁，男女主角的星座血型設定。其他組編劇提出：「如果男主角是A型天秤座，根本不會對女主角動心。」

A型天秤座，那是怎樣的性格？我靜靜聽著同事細數每一星座的特質，好像更不懂了。如果流著不同型的血液，如果早生幾天，我就會因此說服不了你嗎？

和其他編劇碰面之前，我曾以為團隊裡全是編劇新手。面試的時候我把作品印給製作人看，裡頭甚至連一篇劇本都沒有，他是因為什麼原因挑選我加入？首次會面，他說我們公司要製作一齣情境喜劇，這個社會太沉悶了。

常錄影到深夜的同事日子也過得很沉，聚餐的時候她說起好幾次深夜歸家，將堆積成山的髒衣服丟進洗衣機，按了開關後倒頭就睡，隔日慌張出門，壓根忘記晾晒的事，再次想起來的時候已經經過一個日夜，只得重洗一次。「來來回回洗了三次，衣服竟然被洗破了。」她一臉不可思議。一個圓桶型，沒有任何爪子尖銳物的機具，竟然能有這般撕裂的力道。

租屋處裡的洗衣機，放置在走廊底端的陽台，即使我的房間和它之間，還有層層輕薄夾板隔成的許多房間，它仍然以聲音趨近，每晚隔著門板發出擊打的悶響。

我提著洗衣籃去陽台，將糾結成一團的衣服搬回房間，邊拆著衣服結，邊按下電腦電源，準備和同組組員開線上會議。前幾天主管說劇本的理想設定，是一對新婚夫妻的家常故事，但我們團隊裡甚至沒有人經歷過婚姻，那就像一個從來不下廚的人要編寫一本食譜那麼困難。

到職前的編劇課上，隔壁的女大學生舉手發問：「我想寫一個貴婦的故事，但沒有嫁入豪門，該怎麼寫？」全班同學都笑了，當時我對編劇這職業滿是幻想：午後提筆電出門，找一處日光溫煦的角落寫稿，即使稿債高築，仍有餘裕好好地吃一份正餐。然而現實卻是，晚上消夜時間，我們一行人在速食店會合，先派一個人上樓占位子，其他人排長長的隊伍，點一份能一邊吃一邊使用電腦的簡單餐點。速食店二樓坐滿自習的高中生，遠看像圖書館的光景，一走近，卻覆蓋一層香酥氣味。

餓了一整日，我們個個吃得滿手生香，等到談起正事，卻進入飯飽人癡的恍惚狀態，互相僵持消耗著。一會兒垂目思考，一會兒結結巴巴地說不出一句完整的話，有時終於生出有趣的點子，卻發現難以執行，或不符合電視劇的架構。

繆思會出入這種人聲嘈雜，毫無文藝氣息的地方嗎？我們陷在座位中，好不容易告一段落，立刻搭捷運四散，回租屋處盥洗更衣，再繼續線上會議。

回租屋處後最要緊的事，是抱著裝滿盥洗用品的臉盆到浴室前占位排隊，浴室門口的長條沙發上，排滿各色塑料臉盆。臉盆等同於滷味攤的菜籃，可以充作排列順序的號碼牌，一人一盆，全員到齊才能進入。沒有排到浴室的人，趕緊去蒐羅髒衣服，或許還來得及在另一列洗衣機的隊伍中安個位。

臉盆卡位後仍不能鬆懈，需要時時刻刻留意浴室裡的人出來了沒有，有時一不注意，錯過了時間，後面一位立刻插隊溜進去，鬧得雙方不愉快。後來幾個謹慎的室友學會在長廊間聽聞水聲，快要輪替到時，就坐在門口的沙發上滑手機等待。

有時我會想，這麼細瑣的家常事，值得每晚這樣氣急攻心去計量嗎？然而聽見浴室門一開、洗衣機台一響，我仍又奔走去了。十餘個人共用一個空間，一個機台，暗地裡不免有太多種生活習癖勾結在一起。

我常趁著洗澡的時候將內衣褲丟在腳邊的盆子浸泡，等洗完頭髮身體，再從雪白的泡沫中撈出布料刷洗。此時是奔波後的偷閒時刻，在隱蔽狹窄的浴室裡，撈出一條沾了月信的內褲，也能結結實實地搓洗、擰壓，一陣子後水色轉紅，浴室裡的雲霓隱約瀰散著血的氣味。

已經忘記初次手洗內褲是什麼時候的事，只記得它占去我整個青春期中，許多個上學遲到的清晨──早過了應當出門的時刻，我仍然鎖在浴室裡搓洗髒汙，一邊咬牙切齒地回應著父母的催促。為什麼這些時刻特別難以啟齒呢？或許是布面上的痕跡洩漏了我不願面對的成長。

將內褲擰乾之後，還要排長長的隊伍等待脫水，若時間太晚，只能徒手擰乾，直接晾起。某次午夜我將衣服丟進洗衣機，鄰近陽台的房客立刻衝出來拔插頭以示抗議。

晾衣服的區域恆常客滿著，布料長長垂掛，要靠近洗衣機得彎腰欠身地走，否則便像走過一張簾子一樣地刷頭頂。有幾件衣物長年掛在陽台，經過風吹日晒，纖維鬆脫得像一張薄脆的紙，版型塌陷斷裂。它們的主人去哪了？我問了隔壁的室友，衣服是妳的嗎，她看著衣服頓了頓，說應該是前幾任房客遺留下來的。

洗衣機旁仍有兩桶衣物等待著清洗，我將一盆濕淋淋的內衣褲排在最末端。機台縮在角落發出低鳴聲，即將解體一般地搖晃，表面都是斑駁的刮痕。當初設計者為什麼要嵌一片透明的玻璃在蓋子上？真的會有人拉長脖子，觀測裡頭的水渦嗎？

●

工作以後，房間桌子上多了一張紙條，提醒自己每個早晨夜晚要登入公司網頁打卡上下班。每一週，編劇只進公司一到兩天，其餘時間幾乎是相約在外頭或線上開會。

久未碰面的朋友聽到這樣的工作模式滿是羨慕。她是節目部的助理，終日轉來轉去尋找道具，像生活裡永遠丟失一件物品。偶爾錄完影，錯過公車捷運的末班車，只能騎腳踏車回家。好幾次我在半睡半醒中接起她的電話，「巷子裡好暗，妳繼續說話，出點聲音。」她將手機開擴音，放在腳踏車前面的籃子裡，於是整條街都會聽見我們一掠而過的笑語。

後來某次她說做不下去了，吶吶地說，「我的房間好像被公司占用了。」我只是安靜聽著，知道隔天她依然會去上班。

那陣子我們團隊的每一餐飯、電腦手機，也像是與工作共用，私人的部分全與公事交纏在一起。群組裡累積好幾份同事回收來的婚姻問卷，幾乎都是在會議中報告過，再被主管退回的。我們分頭進行更多的田野調查。

某一日我在開會途中，收到朋友傳來的訊息，說人力銀行的網站上，仍然刊登著編劇團隊徵人的消息，這個團隊會擴編到什麼地步呢？後來主管提到這齣劇是台灣少有的生活情境喜劇，只要成功了，會有更大的市場要求和編劇們合作。我卻滿腦子想，再寫不出令人滿意的劇本，就會被替換了嗎？

●

開會隔天，把沾了汙漬的毯子拿去清洗，卻發現洗衣機咕嚕咕嚕發出奇怪的聲響，是排水功能壞了嗎？它越轉越慢，到最後幾乎是不排水地空轉著，前一個室友洗的衣服全濕淋淋地浸泡在水窪裡，她只好將衣服一件一件徒手擰乾、張掛。水珠沿著衣角滴落，整個陽台滴滴答答地下起細雨。

我只好出門，抱著一籃子的髒衣服和一把硬幣到樓下二十四小時的洗衣房，排隊等空的機台。

有人在洗衣機的蓋子上貼了故障告示，仍有室友不死心地將少量衣服丟進洗衣機。他按了電源鍵之後，機台掙扎著搖晃，接著燈號閃爍熄滅，無法接收任何指令，最後只能將插頭拔除。

比較勤勞的室友開始手洗每一件衣服。每個晚上，流理台邊擠滿了待洗的一盆盆衣物，他們將領口袖口噴上衣領精，再從櫃子裡取出洗衣板、蘇打粉、白醋和各式軟刷，複雜而精密地洗滌起來。

我的手機仍然在每一晚震動著，時不時螢幕就忽然亮起來，是同事們想到了新點子，或有一份簡報傳進來。有時在房間，有時在洗衣房，我斷斷續續地回覆、查收，有時零碎到忘記我們最初要編的是一齣喜劇。

某日開會回來，長廊底端傳來洗衣機運轉的聲音。是終於修復了嗎？恰好從浴室出來的室友說，舊的機台底盤齒輪已經磨平了，房東不願意修，直接替換新的了。

啊，是什麼時候不知不覺磨平了呢，新洗衣機的蓋子上也有大片的玻璃，我伸長脖子一看，只見到水中載浮載沉的衣服，與自己的倒影。

# 12 散文「謀篇」的提問法

## 從一件破吊嘎出發的發燒文

「愛」是永不退流行的普世價值，
文學就應該用普世價值，
替不能開口的人講話。

學生若琳高一時完成的散文〈不丟〉，參加中台灣聯合文學獎，幸運拿到首獎。在我的臉書上分享後，竟然獲得一千多次分享。一篇學生的文章可以獲得如此廣大的回響，除了故事本身感人之外，在修改的過程中，一次次將散文的基本動作做到位，也是重要原因。

〈不丟〉從初稿到完成，兩個多月、七次修改的過程，不啻是散文「謀篇」的極佳示範，茲分享這段歷程如下：

## 一、對比破題：「對比」、「故事」、「獨特」

散文需要好的故事支撐，而故事需要「對比的情節」來支撐，因為對比可以「產生衝突」和拉開「戲劇張力」。

「老師，我想寫我的爺爺，他是老榮民，九十四歲了。」那天若琳坐在桌前，表示想要書寫暮年的爺爺。我常對學生提出的第一個提問是：「他有沒有『故事』？或是『獨特』的個性？」

「他很怪。」

「哪裡怪？」

「他穿破的吊嘎都捨不得丟。」若琳露出嫌惡的表情。

「很棒，還有呢？」

「他很可憐。」

「哪裡可憐？」

「他被騙婚。爺爺靠相親認識奶奶，但奶奶有思覺失調的問題。」

「妳爺爺可以退婚啊！」

「是啊！但是爺爺說，奶奶已被別人退過一次婚，要是他再不要她，奶奶就沒地方去了。」

噹！中了！找到「對比」的破題點了！「你爺爺『不丟掉』破吊嘎，『不丟掉』殘疾的奶奶，但是這個時代，卻想把老兵『丟掉』。」我很有信心說：「這強烈的對比是最好的破題，妳的題目可以是『不丟』。」

## 二、散文是「散而不散」：主題線「綁住」散的「同向情節」

散文是散出去的結構，但散文是「散而不散」，要散出「意旨同向」、「主題類似」的情節，然後用主題線「綁住」散出的每一段，所以我繼續提問：

「爺爺是個念舊的人，還有什麼是他捨不得丟的嗎？」

「舊書，他住院時，床頭還擺一堆舊書。」

「很好！只要再找到一個『不丟』的材料，文章的『支撐材料』就很充實了。」

「還有！爺爺不搬家，他不願意搬離破舊的公寓。」若琳有點疑惑：「這也算嗎？」

「爺爺為何不搬？」

「不清楚耶。」

「趁爺爺還健康，可以問問他。記得，妳也在寫歷史喔！」

從爺爺模糊的鄉音中，若琳捕捉到一點線索，原來退伍後，許多同袍都住在附近，這個社區有許多老戰友的回憶。如今整個連幾乎被時光收編，爺爺是在人間死守的最後一個。

### 三、有細才有戲：narrow down，narrow down

若琳描寫爺爺的語言，一開始都比較粗糙表象，我要求她要盡量「細節化」，而且越細越有感。細節可以產生三感：「畫面感」、「陌生感」、「戲劇感」，例如以下兩個例子，大家可以比較一下：

| | | |
|---|---|---|
| **第一次** | 打仗受過傷。 | 喜歡看平劇。 |
| **第二次** | 長春會戰，腿部被子彈打過。 | 常看《釣金龜》和《四郎探母》。 |

| | | |
|---|---|---|
| 第三次 | 子彈穿過層層保暖用的棉布，打入凍僵的肉裡竟然一點痛感都沒有。直到雪融了，在拆布時才發現腿上有傷口。 | 上網查出《釣金龜》和《四郎探母》的唱詞。由唱詞引申爺爺思母之情。 |

## 四、在別人的故事裡，流自己的淚：找到「價值」，求取「通感」

寫文章最忌諱「掏自己的肚臍眼」，只講自己喜歡講的，忘了文章的目的是為了找到「普世價值」。

有了「普世價值」，才能求取永恆的通感，這樣才能讓讀者在閱讀時，「在別人的故事裡，流下自己的淚」。

很多學生的文章會有毛邊及雜質，或是收不了尾，最大的原因就是「不知道自己在寫什麼」——不知道文章到底要傳達的「普世價值」是什麼？

因此在書寫時，作者一定要很清楚出發點，才能找到終點。

本篇取題「不丟」，就是希望大家不要丟棄「愛」的價值，但前提是要先丟棄「恨」。

為了設計衝突與張力，文章常從對比面開始；講愛，可以從恨開始。所以本文就由「我一直都知道，我的爺爺，是個怪人」開始，最後因為理解爺爺的怪，都來自貼心的愛，所以選擇用「卑微」但「貼身、溫暖」的「吊嘎」做意象結尾：

爺爺，不要管電視。你是我的爺爺，所有曾經「貼身的、溫暖的、忠誠的」記憶，爺爺，我們都不丟。

文章被分享，被讚美，但許多網友也在臉書留言，表達他們的不同意見：

「外省豬，滾回去。」

「不寫台灣，妳寫外國人做什麼？」

「妳忘了外省人殺台灣人嗎？」

那日若琳紅著眼來找我：「老師，我看到留言了，我好難過。」

「我把文刪掉好嗎？」

「不用了，老師，其實大部分的留言是溫暖的。我只是覺得爺爺好可憐，他十四歲出門辦事，被軍隊推上卡車，從此見不到媽媽。他來台灣，也不是自己的選擇，為何我寫他也有錯？」

我不知道該如何安慰若琳，我只知道，歷史的恩怨情仇，只要一直停留在某個點，以後的世世代代都很難走出去。

例如我的外公被日本人抓到南洋當兵，差點死在馬尼拉灘頭，我應該恨日本人一輩子嗎？外公本來不喜歡客家人，但是回台後，整個觀念改變了：「那些新竹兵，好勇敢，一直往灘頭衝，很多都被美軍的機關槍打死。」

外公和客家人和解了，那新竹人該永遠恨美國人嗎？

祖父在二二八事件時入獄多日，一度瀕死，那我是否應該與外省籍同學老死不相往來？

一位學生有八分之一巴宰族的血統，他的祖先來自「大肚王國」，十八世紀遭明鄭將領強力屠殺，幾乎滅族，遺族遷往埔里一帶。請問這個學生是否應該憎恨所有台灣的漢人？但誰才是台灣真正的主人？不是把青春、把汗水、把愛都留在這塊土地上的人們，都可以稱為台灣人嗎？

我想，「愛」是永不退流行的普世價值，文學就應該用普世價值，替不能開口的人講

話。如同詩人楊澤第一部詩歌作品《薔薇學派的誕生》中的浪漫獨白：

「瑪麗安，你知道嗎？我已不想站在對的一邊，我只想站在愛的一邊。」

不管讀者選擇站在哪一邊？我們靜下心，一起讀〈不丟〉吧！

**二〇二〇中台灣聯合文學獎散文組首獎：**

## 〈不丟〉

▼邢若琳

我一直都知道，我的爺爺，是個怪人。

過年期間，媽媽基於一個進門媳婦的本分，帶上齊全的掃具和我，啟程去爺爺家大掃除。一路上萬里無雲，街道上充斥著喜慶的氛圍，但我卻毫無欣賞的心情，我猜想，媽媽心中的煩躁應該比我更甚吧。

千里迢迢終於到了一棟老舊斑駁的小公寓，爺爺不願意搬走，他說這裡有他同袍的記憶，雖然他們整個連已被時光收編，爺爺是在人間死守的最後一個。

我按下門鈴，然後「喀咚」一聲重響，門鎖開了。我伸出一根手指使勁推開那道搖搖欲墜的紅色鐵門。提著大包小包的清潔用品，爬過陡峭的樓梯，那布滿鐵鏽的扶手，髒得我都不敢摸。

明明只是二樓而已，我卻有種爬過一甲子的錯覺。還差幾階就到了！震耳欲聾的電視聲已穿過鐵門而出……這次好像又比上一次來時還要大聲呢，也不知道重聽是不是個能治的病。

將電視音量轉小後，我開始刷地板。我蹲在泛黑的白瓷磚上，刷著已藥石罔顧的垢，耳邊還一直環繞著令人無比煩躁的走動聲……

「爺爺！你能不能別走了？你的皮鞋都把我的地板踩髒了！而且在家裡還穿什麼皮鞋啊……怎麼不脫了呢？」

「軍人是不會脫掉皮鞋的！」爺爺的濃濃的山東腔喜歡連著唸，並去掉後面字的聲符，像是「多少」會被唸成「多襖」；「這個」會變成「這兒」。所以每次聽他說話，我都覺得像是在訓練聽力一般，半懂半不懂的。

電視的音量不知不覺漸漸增加，我看了看，又是《釣金龜》。也不知為何爺爺總看不膩……

「兒啊！還是多買柴米，少買魚肉的才是！」

「多買的魚肉可又怕什麼的呀！」

「不是那樣講！常將有日思無日，莫待無時思有時。」

老旦婉轉迂迴、丑角聲情並茂，母子一搭一唱。爺爺也不禁跟著哼起早已爛熟於心的台詞。非常奇怪，爺爺不是看《釣金龜》，不然就是《四郎探母》，都是母子哭哭啼啼的戲。

少年時期，生於貧苦家庭的爺爺，為了學習一技之長，告別老母親，從老家山東步行到大連，卻被抓入了軍營，從此遠離故鄉，開啟了他那戲劇般的一生。

「爺爺你那時怎麼不逃啊？」

「能逃到哪兒去？這就是命啊！逃不過兒的！」爺爺說，中國東北的冬天很冷，子彈穿過層層保暖用的棉布，打入凍僵的肉裡竟然一點痛感都沒有。直到雪融了，他在拆布時才發現腿上有傷口。後來仗打完了，爺爺隨著國軍撤退來台。

「爺爺，我拿去丟了喔！」結果爺爺居然打開垃圾袋，仔細檢查我是否丟了他什麼寶貝沒有。結果爺爺將破爛的吊嘎，一件一件撿了起來：「這些還有其他用途，不丟。」

我小時候總會幻想，爺爺是個大將軍，而我則是大將軍的孫女，多麼威風又美好啊！但事實上，爺爺卻是為了個台灣女人，而放棄只差一個月就能升到的上尉，改行當小黃運將，只為了就近照顧他唸叨了半輩子的「騙婚」太太。

在那個年代，省籍情結非常嚴重，基本上幾乎不會有台灣人願意嫁給一個外省人（導致爺爺在年齡上都能當我的曾祖父了）。有一天，山東大老粗終於靠著別人介紹，娶了我的奶奶，一個小他三十幾歲的女孩，正值如花似玉的年紀，怎麼會嫁得一個外省兵？

「你們不懂！就是給騙了！當年我是看著她可憐，知道她被別人退過婚，要是我再丟了，她可怎麼辦？」

從我有印象起，奶奶就從沒離開過輪椅。聽舅公說，阿祖常常抓著奶奶的頭髮，用力撞向原木製的神明桌，由於她從小體弱，無法跟其他舅公、姨婆一樣逃離可怕的原生家庭。而長期的家暴和精神虐待，也使得奶奶患上了精神病。

奶奶走的時候才五十六歲，但所有聽聞她死訊的人，只會哀嘆一聲：恭喜她，終於得以解脫。但爺爺似乎終生不得解脫，每當新聞台出現「竊台外省人」或是「滾回中國去」等語言時，爺爺的眉頭就會深深皺起。

一個月前，爺爺被驗出輕度中風。我到病房的時候，第一眼便看到鋪在地板的破吊嘎。醫院裡，簡易的沙發上，一邊坐著看護阿姨，一邊放滿爺爺珍藏的書。堆得高高的書讓整間房間充滿一股複雜的霉味。

聽爸爸說，爺爺從住院以來每天唸叨著它們。一見到我，爺爺便迫不及待的，一本一本向我介紹。原本已經夠模糊的咬字，現在更含糊了。

在經歷過外公因癌症離世的我，比誰都清楚，有種情緒，名為恐慌。耳邊突然響起《釣金龜》的唱詞：「常將有日思無日，莫待無時思有時。」

所幸爺爺的病情漸漸好轉，然而看著說話開始顛三倒四的他，我的視線轉到了那些破吊嘎上——被時間穿破的吊嘎，不丟；戰場上的同袍鬼魂，不丟；身有殘疾的台灣太太，不丟；散發霉味的舊書，不丟。

爺爺，不要管電視。你是我的爺爺，所有曾經貼身的、溫暖的、忠誠的記憶，爺爺，我們都不丟。

---

註：〈不丟〉得獎後，九十四歲的爺爺非常高興，但爺爺也在幾個月後離世。那個離鄉萬里的連隊，整個被時光收編了。

# 13 微物的鏡頭書寫

## 「小題大作」是最棒的散文命題法

心中有一個不得不說的故事時，不要急著下筆，或許可以找到一個收斂全篇的微物爲意象，去營造一個意象結構……讓作品有深度、厚度，與情牽眾生的溫度。

〈我愛媽祖〉、〈陪媽祖繞境〉、〈線香〉、〈香落〉等四篇文章，你猜，哪一篇的得分最高？

幾年前曾擔任「宗教文學獎」的評審，發現作品的命題竟與得分高低有顯著相關，那就是，題目越「具象」、越「微物」，則分數越高。所以抽象的〈我愛媽祖〉得分最低，特寫鏡頭的〈香落〉得分最高。

〈香落〉僅聚焦於一炷線香燃燒的部分，而且還有動態的「落下」，象徵媽祖的恩澤如香，灑落在作者的凡胎肉身，意象非常精準。

## 「微物」產生詩化歧義性

二〇二一年曾與三位散文家擔任台中文學獎的散文決審，最後評出的結果為第一名〈口〉、第二名〈斷身〉、第三名〈蟻生〉。可以發現，這些作品的命題，也非常貼近剛剛整理出的標準。

第一名的〈口〉，是指作者父親因病，必須在肚腹上開個洞，以排除日常穢物。這樣令人難堪、不忍卒睹的「造口」，被作者的特寫鏡頭發揮到極致。而最厲害的特寫，不是造口的表象，而是其詩化歧義性。〈口〉的表面意義是父親生命的出口，也可能因為病情惡化，成為死亡的入口；但其隱藏的意涵是親情的入口、出口，以及父子之間，「愛」的說不出口。

小小的「造口」，將父子關係由疏而親、由遠而近的微妙變化，精緻的梳理。石德華老師用「無言的深邃」五個字來讚美這篇佳文，非常貼切。

待文學獎揭曉後，驚喜發現，〈口〉的作者竟然是我非常喜歡的詩人達瑞。意象的命題，意象系統的精準，成就這篇首獎文的高度。而意象語言的經營，其實是詩人的專長。

## 「小題大作」創造對比

第二名作品〈斷身〉，更是應用「斷身」的意象，全篇充滿詩化的語言。「斷身」的表象是馬來西亞的華人，為了學習華人的舞蹈，必須分筋錯骨。而那「筋骨的斷」，其實指涉的是「文化的連」——「老師走過，將彎曲的膝扯平，筋骨沒有回縮的餘裕。」那撕咬疼痛的青春一字馬，延伸的兩端，是「精細的身體，再也回不去的粗糙」，是「彷彿踩著雲，身體朦朧之時，長出屬於自己的名字」。

「斷身」題目設計漂亮，書寫細膩，意象精準。大馬七百萬華人、六十一所獨中的尋根血淚史，也在作者一次次的身體撕裂中，悄然連結。

## 微物的「呼應」與「扣合」

第三名〈蟻生〉表面講的是作者在鄉間的自然觀察，作者敘述自己幼時曾發現蟻窩土丘，好奇撥開蟻窩後，趕緊把土丘恢復原狀，卻為時已晚，暴露的蟻王已被小鳥所食。其實，這又是一篇和〈口〉、〈斷身〉類似的意象書寫：特寫微物之象，呼應、扣合「家變」

無法連線至網際網路

與「死亡」等主題。

綜觀這兩個文學獎的得獎散文命題分析，可見「小題大作」是最棒的散文命題法。當我們心中有一個不得不說的故事時，不要急著下筆，或許我們可以花點時間，找到一個可以收斂全篇的微物為意象，去營造一個意象結構，然後這篇文章不僅會充滿詩意，而且因為深刻入微的觀察，可以巧妙創造連結與對比，讓作品有了深度、厚度，與情牽眾生的溫度。

# 14 陌生是美感的起源
## 貫穿各文類的「陌生化」

練習語言「陌生化」的最好練習，
其實還是意象練習，
也就是用另一個事物，
去類比原來熟稔的事物。

二〇一六年湖人看板球星 Kobe Bryant 二十年生涯劃下句點，其代言品牌 NIKE 為他量身訂做廣告，由 Kobe 擔任指揮，眾人向「黑曼巴」齊唱：「這些年我一直全心全意恨你，不要讓我停止恨你。」

明明要說捨不得，不用慣性的「愛」、「想念」、「偉大」，卻用反慣性的「恨」來顯示 Kobe 的成就，因為他的生涯讓太多的選手冠軍夢碎。這樣「反常合道、無理而妙」

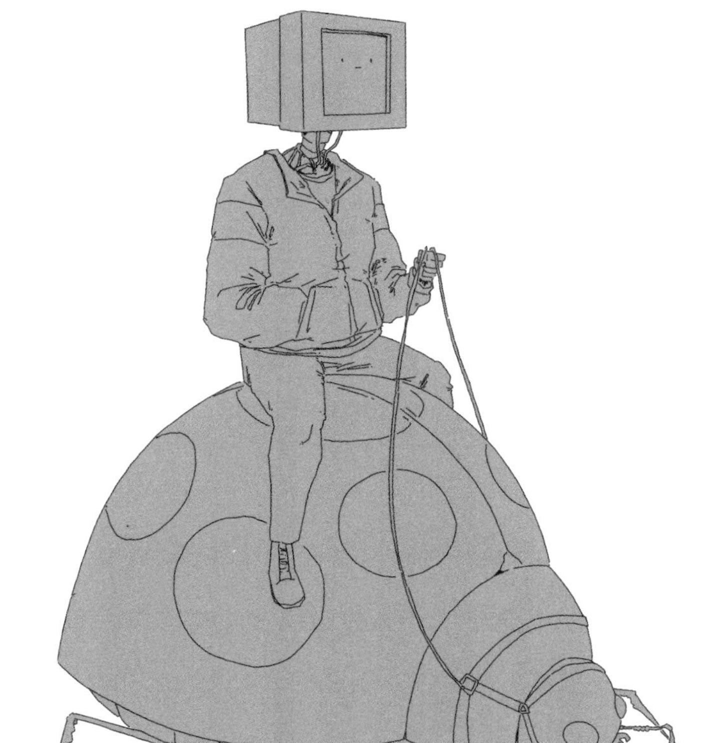

的「陌生」新連結，會不會讓你會心一笑，而且更凸顯 Kobe 的偉大，以及 NIKE 的與眾不同。

其實這個文案之所以有效，主要靠「陌生化」的「突轉」技巧。

## 「驚奇」帶動「突轉」，最後帶來「快感」

「陌生化」（Defamiliarization）是俄國形式主義大師什克洛夫斯基（Iosif Samuilovich Shklovsky，1893-1984）提出的理論，此論點對二十世紀西方文學理論影響巨大。事實上，亞里斯多德在二千多年前的《詩學》，也提出類似觀點。亞里斯多德析論希臘悲劇的本質時，提出悲劇產生的「驚奇」，會帶動「突轉」和「發現」，最後會給予觀劇的「快感」。

「陌生化」的英文原先譯為「making it strange」，也就是說，strange「反常」是「陌生化」的手段。人們對身邊「習以為常」的事物常視而不見，但會對「反常」的陌生打開五官，迎接趣味與美感。如同一句順口溜：「旅行就是從自己活膩的地方，到別人活膩的地方。」因為「熟悉是美感的殺手」，而「陌生，是美感的起源」。

## 新詩講究「語言形式」的陌生化

所以在創作時，我們一定要在「形式」與「內容」上，做「陌生化」的「創新」，這也是為什麼寫作又稱為「創作」的原因。新詩最講究「語言形式」的陌生化，例如余光中在〈重上大度山〉裡寫出「撥開你長睫上重重的夜／就發現神話很守時／星空，非常希臘」，他將名詞「希臘」當形容詞用，這形式的「反常」帶給讀者新奇的美感。然而當我讀到學生寫出「撥開你瀏海上沉重的霧氣／就發現童話很聽話／這一夜，非常安徒生」時，雖然知道這是詩的語言，但卻因為有余光中的影子，不是創新的語言，給我的「反常」與「陌生」不足，因此美感與感動也減弱了。

## 小說與戲劇重視「內容」的陌生化

小說與戲劇則是最常在「內容」上做「陌生化創新」的文類。例如在卡夫卡（Franz Kafka, 1883-1924）的《變形記》（*The Metamorphosis*，又譯蛻變）中，故事主角葛瑞格是個小資產知識分子，日復一日在苦悶煩躁的生活裡掙扎，一覺醒來，發現自己變成一隻「害蟲」（Ungeziefer，中譯「甲蟲」），他的身體變形，世界變形，語言變形，這樣的「大反常」產生「大陌生」，反而打開我們的五官，讓我們重新認識「熟悉」的世界，並思考存在的本質。

小說的英文fiction，是虛構之義；長篇小說英文novel的字根nov，是「新穎」之義，因此小說最需要發揮想像力，用虛構創新。曾參加過好幾次文學獎小說組的評審會，超過三分之二評審的美學都很一致，那就是作品的創新度。「我不要看結局可預測的小說，我不想看改寫的新聞事件，我情願選擇文字不太好，卻想像力狂野的作品。」這是最典型的小說評審意見。

## 「抒情散文」的特徵是「詩質」

至於大眾最熟悉的文類「散文」，當然也需要創造陌生後的創新。

散文在西方，並不像在華文傳統中獨享尊寵。筆者曾計算，諾貝爾文學獎自一九〇一年至二〇二〇年，所頒發的一百一十七位得主中，只有四位是單獨以散文獲獎，其他都以西方三大文類（小說、新詩、戲劇）為主要成就獲獎。然而在華文世界，散文被視為作家的身分證，也躋身華文三大文類（小說、新詩、散文）之列。

散文有廣義與狹義之分。只要不是韻文，就可被視為廣義的散文，所以政論、勵志文、命題作文、小說等，都算是散文。然而今日華人眼中的文學散文，泛指狹義的「抒情散文」。

「抒情散文」的特徵是「凝鍊的語言」，而語言要凝鍊，就必須要有「詩質」，利用新詩的斷句音樂性、意象、句構翻轉，去追求語言的密度與精準。然而散文重實，完全的虛構，應該歸類於小說。

## 散文重實，完全的虛構，應歸類為小說

二〇二〇年底在台灣PTT鄉公所板，出現一篇〈散文獎裡的虛構大師〉，點出一位在學期間得了至少四十座文學獎的寫手。單單在二〇一六年至二〇一九年獲獎的散文作品中，作者的爺爺就當過嘉義製香師傅、鹿港獅頭面具師傅、高雄佛具店老闆等；至於父親做過的行業也不遑多讓，包括馬祖漁民、木匠、鳳山打鐵匠等角色，也經營過玻璃工廠、麵店、手工魚丸店、金紙行等。

這位才氣縱橫的寫手，如同作家吳鈞堯的評論「文字醮滿詩意」（問命的人，問的那個部分，都是心底的軟土／有了新的結繩記事，我們都刻劃著自己的象形），所以在「抒情散文」的天地裡，揮灑皆成甘露，拈花盡得微笑。然而文學有其典律，雖然為了「心理的真實」，散文容許部分的虛構，但卻不容許完全的虛構。這位文學獎常勝軍，將二〇

一九年收納得獎散文的新書，定位為「全新微小說」，可見在他心中，亦是服膺這個文類區分。

## 散文要「平凡見不凡，日常見非常」

至於散文的「創新度」，一樣要經過「陌生化」的過程，也就是作者在「平凡」生活所聞中，必須對生命作出「不平凡」的感觸，誠如我的恩師石德華老師說的：「文學是出於生活，又高於生活。」二〇二〇年曾與二位作家，共同擔任《國語日報》華夏徵文的國中組決審，該年的主題是〈2020 我看見〉，大多數作品試圖在一篇文章中，交代二〇二〇年新冠疫情、美國黑人佛洛伊德遭殺、澳洲大火……等世上的大事，但因為以新聞的「廣角」鏡頭書寫，結果只讓讀者「看到」表層的事件，卻無法「看見」底層的感動。

其中一篇談的一樣是疫情，卻將視角轉到人們「習而不見」的「日常特寫」，讓它在逾千件參賽作品中產生「陌生」，最後入榜前五名。這位作者將鏡頭轉到晨光中，在社區用酒精擦拭桌面的打掃爺爺、手持體溫槍並將酒精噴灑於住戶掌心的警衛、甚至是在早餐店電視裡，與死神搏鬥的白衣天使。文章最後的鏡頭，停在一位沒戴口罩，被司機攔下的年輕人，最後在叫罵聲中，作者緩緩拿出一片口罩解危。疫中有義，礙中有愛，盡在「平凡中見不凡，日常裡見非常」的小視角。

## 寫二行詩，最容易練習語言「陌生化」

練習語言「陌生化」的最好練習，其實還是意象練習，也就是用另一個事物，去類比原來熟稔的事物，這時候，陌生感以及伴隨的美感，就會應運而生。建議初學者可以從二行詩開始練習語言「陌生化」，例如詩人嚴忠政用「橡皮擦」來類比「輪胎」：

〈輪胎〉　▼嚴忠政

一種用來擦拭距離的橡皮
卻擦不去一路的崎嶇

又例如我在四十歲時，驚見白髮自兩鬢竄生，感覺自己正被造物主押往時間的刑場，因此以刑場的槍管來形容一根根髮管，但又相信文學可以保全靈魂的力量：

### 〈刑場〉 ▼蔡淇華

每一管白髮都已上膛，以詩
擊發，於是我忘了倒下

另學生明柔覺得骨灰似雪，有昔日肌膚的觸感，但現今只有骨灰罈可以與遠颺的生命產生「肌膚之親」：

### 〈骨灰罈〉 ▼何明柔

被時光雪化後
與昔日的肌膚對話

然而，一定要提醒讀者，要「有意識」地追求陌生化，就是要服膺「有意思」的準則。

這裡有二行詩的題目供大家練習，也提供範本供大家參考。大家不妨試一試，說不定可以玩出比名家更厲害的「陌生化美學」喔！

1. 路燈
2. 郵戳
3. 鷹架
4. 墓碑
5. 除濕機
6. 下午茶
7. 衣架
8. 鶯歌
9. 門神—秦叔寶
10. 門神—尉遲敬德

文末，以學生明仁（化名）的得獎作品〈圖釘〉示範，這首短詩非常「有意思」：

公告

## 〈圖釘〉

戳著
用盡全身的力氣，撐住
別人的榮耀
裱框的意識形態
燙金的表現主義
別人目光
永遠是穿透不了
我身後見不得人的
千瘡百孔

但布告欄上
榮耀總會泛黃
被歷史撤下

只有我
一個無役不與的旁觀者
洞視，改朝換代
都薄如一張紙
我稍微用力，就不小心
一一貫穿

## 「陌生」是為了抵達「熟悉」

明仁高一時寫這首詩，斯時無懿采華辭，缺飛靡巧技，但從陌生的圖釘視角，反慣性的「創造陌生」，幫我們「一一貫穿」榮耀的短暫，甚至洞視爭權奪利背後的「千瘡百孔」。

其實「陌生化」只是寫作的過程，它的目的是抵達「熟悉的真實」。只是因為人「浮」於世，稜角磨損後，也「服」於世，不敢再逼視最真實的傷痛。這時候就有待文學，替眾生因字而生句，積句而為章。如同《變形記》採取不同的陌生視角，幫我們重現「熟悉的真實」——資本主義的冷漠無情。

「陌生」是日常忽略的枝節，是陽光下被踩踏的倒影，當我們勇敢正視「熟悉的真實」時，「陌生化」的技巧就能「枝附影從」，幫一篇篇作品設情有宅，置言有位；原本積句不恆的寫作新手，也能積章而成篇了。

## 附：二行詩參考範本

1. 路燈

越是闇黑
越用力睜眼

2. 郵戳

欲言又止的相思
被紅潤的通行證，一口親上

3. 鷹架

高度的先行者
我是過盡繁華的形骸

4.墓碑／瓦歷斯．諾幹

一站，切開

生—死

5.除濕機／瓦歷斯．諾幹

沉默且堅持，一點一滴

將時光的淚水吞盡

6.下午茶／嚴忠政

咖啡跌了一跤

被靈感迎頭撞上

7.衣架／嚴忠政

像標點於天文與人文間的問號

有一個肩胛，仍兀自掛念天下

8.鶯歌／嚴忠政

讀完師傅的手語

火與土哭成陶笛

9.門神——秦叔寶／紀小樣

不要問我是站在右邊，還是左邊

關於政治這回事，沒有絕對的方向

10.門神——尉遲敬德／紀小樣

俺，心中的鑰匙，長久地在門外

並且打不開——歷史

# 15 畫面是最好的結尾

## 文學是藏，藏在畫面裡最美

在文章收尾時，用文字畫圖，
留下餘韻無窮的美麗身影！

在大路另一頭老人的窩棚裡，他又睡著了。他依舊臉朝下躺著，孩子坐在他身邊，守著他。老人正夢見獅子。

這是海明威中篇小說《老人與海》的結尾。作者講完故事後，不直白告訴你他的生命哲學，他只是用文字畫圖，畫裡有一個睡著的老人、一個守護他的孩子、一個夢，夢裡有一頭獅子。畫裡的每個細節，都藏著千言萬語。

如同海明威提出的「冰山原則」：「冰山運動之雄偉壯觀，是因為它只有八分之一在水面上。」這個思想也形塑海明威簡潔的語言風格。

關於「冰山原則」，海明威在《午後之死》中講得更清楚：「如果一位散文家對於他想寫的東西心裡有底，那他可以省略已知的東西。至於讀者，只要作家寫得真實，讀者就能強烈感受到他省略的地方。」

重點是，一個寫手，要如何用文字表現，將水面下省略的八分之七留給讀者感受。其實，《老人與海》的「畫面結尾」就是最好的示範。

試想，一個八十四天沒捕到魚、飽受冷嘲熱諷的老人，在第八十五天還勇敢踏上漁船出海，然後他遇見一條巨大的馬林魚，在海上搏鬥兩天兩夜。帶著滿身傷痕，老人終於戰勝這頭一千多磅的大馬林魚，將牠牢牢拴在船邊返航，但途中鯊魚貪婪地啃食馬林魚，最後老人只能帶回一副魚骨。

《老人與海》明明是個失敗者的故事，如果海明威用他的名句「一個人可以被消滅，但不能被打敗」來結尾，會不會讀來味如嚼蠟，俗不可耐。所以海明威找來書中反覆出現的意象「獅子」，而且巧妙地藏在「動作」裡。這個動作如果要與「現實」呼應，那麼，「作夢」就是首選！這樣的對比，象徵老人雖然在實體的世界遍體鱗傷，但在他的潛意識裡，他永遠是精神的王者，是一頭真正的，獅子！

如同作家王鼎鈞在《文學種籽》中說過的：「小說就是，不說。」寫散文或小說，最好要學會「藏」的藝術，要像海明威一樣，用意境與節制，將想講的話，藏在故事裡；結論藏在畫面裡。而這個畫面，最好不是靜態，而是饒富餘韻的動態。

兩年囊括四座三大報文學獎的散文家林佳樺，非常擅長「結尾畫面化」的執行。在她的第一本散文集《當時小明月》裡，處處可見高妙的鏡頭設計。以得到二〇一八年時報文學獎的〈吹笛人〉為例，茲摘錄部分內文：

阿勇師亮出的小刀，彎細如月。我因撰寫廟會論文，到美濃養雞場做田野調查，意外地看見眾人圍著阿勇師，原以爲是江湖賣藝人，聽到師傅喃喃唸著：「磨米飼雞仔，師傅……」，並持起笛子，嗶嗶兩聲。我被笛聲喝住了，這讀唸的歌詞，與我記憶中的原文不全相同，但相去不遠……

二十年前，我被父母送到鄉下久住，常聽外婆吟咏此調。外婆解釋，鄉下人把小公雞稱做「雞角仔」，爲方便小雞吞嚥，米飼料必需挨磨過。外曾祖父有門祖傳手藝，子孫無人想繼承，四舅不愛念書，但手巧，爲了營生，念完國小後，便得承襲家業。外婆有時會輕拉床頭櫃抽屜，拿出一個小鐵匣，其中有削刀、鑷子，這是四舅離家後留下的刀具。外婆總是發楞看著，然後用布輕拭，塗抹凡士林以防生鏽。鐵盒中另藏有一支竹製短笛……

四舅不會音樂。他跟阿勇師一樣，幫農家「閹雞」……

阿勇師的神情與四舅迥異。阿勇師閹雞前，輕鬆自在地抓起雞隻湊近嗅聞，掌心順著雞羽撫摸，像中醫師的望聞切。阿勇師說，飼主用心養大的閹雞，常是廟會肥雞比賽的常勝軍，得意說起高雄義民廟許多參賽肥雞，都是出自他的「刀工」。他下刀前，得先檢查雞身有無傷口，氣味是否正常，否則病雞一閹，就成了刀下亡魂。

四舅下刀時神情總是嚴肅，因爲力道稍有不愼，危及的是生命。他雖不喜歡此行業，但拿刀時，也是心存悲憫……

四舅沒能繼續拿的刀，擱在外婆家的竹簍裡；阿勇師則亮出刀子，打趣地說，可別小看這一刀，某大學畜牧系曾聘請他當講師，教授獨門絕技。我回想起四舅在意的尊卑，該如何界定呢？

「嗶、嗶」，阿勇師挑了一隻健康雞。我已長大，勇敢地睜著雙眼，看師傅拿起小刀，從雞的下腹處，輕輕地劃下一口……

〈吹笛人〉以阿勇師「亮刀吹笛，即將下刀」為起手式，末段以阿勇師「吹笛亮刀，朝雞的下腹輕輕劃下一口」收尾。首尾其實是真實時間裡連續的鏡頭，其間卻被作者剪輯穿插二十多年的戲劇時間，那是四舅〈吹笛人〉的半生緣，更是台灣即將失傳「定生死、斷陰陽」的獨門「閹雞」絕技。

林佳樺靈動的「新鄉土書寫」精妙殊勝，重現吾土吾民特有的人文樣貌。當讀到「四舅沒能繼續拿刀」，讀者為「祖傳技藝」即將失傳而浩嘆時，林佳樺展現時光之神的視角，讓阿勇師再排演一次驚心動魄的一瞬，但因為讀者已在文字裡過盡千帆，知道這一刀後，江湖再無傳人，所以屏氣凝神，將聽覺與視覺開到最大化……每一聲笛響，都是憐惜；每一次刀落，都是悲憫。

林佳樺末段僅僅一個畫面，用字極簡，隱喻變大，道盡無限滄桑。

台灣寫過最多散文評論的張瑞芬教授，也不禁替林佳樺的另一篇佳作擊掌：「〈閻王低頭〉收束斬截，畫面還帶聲音，非常俐落，這人很有文學敏銳度啊！」

以下茲節錄林佳樺與其他名家的範文結尾畫面，供讀者觀摩。更期待讀者可以找到原典，目視心誦、仿效臨摹，來日在文末化筆頭為鏡頭，用特寫的畫面，為文章留下無窮的餘韻！

## 〈閻王低頭〉

▼林佳樺（二〇一八林榮三文學獎）

外婆過世後，我們回大洲整理遺物。外婆生前飼養在門口會說「擱再來」的黑八哥，因那陣子我們長時間待在醫院，牠正值換毛期，乏人照顧，感染寄生蟲，毛髮幾乎全禿，只好送人飼養。清洗鳥籠時，柵欄上方用鐵絲掛兩只墨賊仔骨。外婆曾說，那是給黑八哥磨牙用的。我取下來刷洗，啌咚啌咚，就像外婆那天彎腰刷洗墨賊仔骨時響起的聲音。

## 〈石磨記〉

▼林佳樺（二〇一八磺溪文學獎）

我摸著粗糙磨盤，冰涼涼的，石磨要退休了，不知要送到另一戶人家？或是變回石頭？我看著石磨被運上貨車，外婆故作無事，背對著我低下身去，就著廚房前小空地，挑走經陽光曝晒後、幾顆不夠精實的紅豆。

## 〈金不換〉

▼林佳樺（二〇一九時報寰宇文學獎）

我不死心，在紙上畫著自家藥鋪的招牌，外婆淺棕混濁的眼神一會兒渙散，一會兒又盯著畫瞧。時間在外婆身上執行老病時如此地盡責。我執拗地指著招牌，強調那是外公命名的「濟安診所」，再畫出鋪子藥袋印的外公名字：「陳平昌中藥師」，我們曾戲謔地想將店名改叫「金不換」。店鋪門還有道門檻，我常跌跤，被責罵沒長眼。外婆端詳許久，將我喚成母親的名字，說：「我攏無知你會曉繪圖？」外婆的記憶沒有跨過門檻，她拿起黑筆，在紙上亂塗，我的原圖被許多雜亂線條掩蓋，黑線團團如雲，遮蔽我的鉛筆線，在白紙上，像灰黯的天空。

## 〈敲紋〉

▼林佳樺（二〇一六年喜菡文學網散文獎）

回到警局，我們做著筆錄，警察拿出和解書請我們簽字。天色已暗，有些進門的警察正吃著便利商店的茶葉蛋，香氣類似家中浸泡著蛋的那鍋香濃滷汁。

## 〈歿年〉▼陳心容（第十七屆台積電青年學生文學獎小說組首獎）

天色髒白像一只被弄丟的鞋。「我們回頭，找菸。」你說。

## 〈牡蠣〉▼溫毓詩（台灣文學獎短篇小說首獎）

她的婆婆一顆一顆的拿過浸在水中牡蠣，那鑽子輕輕一頂，牡蠣就堂皇地呈現牠的晶華內在，她將牡蠣遞到她的嘴邊，張口吞下，品味那鹹、腥、甜……那是瞭然無聲的時刻。

## 〈傾城之戀〉▼張愛玲

胡琴咿咿啞啞拉著，在萬盞燈的夜晚，拉過來又拉過去，說不盡的蒼涼的故事——不問也罷！

# 16 由「對比面」出發講故事

## 墓園裡，找到天堂的花園

對比是一篇文章的核心。
可以找到價值衝突，
而衝突的選擇就是文章的主題。

寫作班的學生珊妮（化名）是寫作新手，傳來作品〈月光〉，文中的情節很簡單，就是等公車時，收到爸爸利用手機，傳來阿公罹癌的訊息。

全文附在文末，讀畢後，我們再依引導的過程（心智圖），列舉如何將這一篇不成型的「粗胚」，「磁化」為直轄市文學獎作品的「提問關鍵字」。

## 初稿：〈月光〉

雲霧瀰漫的夜晚，「叮咚」汗如雨下的我走到校門口，停下腳步，看看呼喊我的手機，爸爸的頭貼與稱謂出現在通知欄，一如往常漫步走向公車站牌，手機被我關成了震動，想要安靜地回家好好洗澡，抬頭看了看月光，好像暗了好多階，瞬間感受到手不停的震動，月光上好像突然浮現了肺形狀的影子，「醫院」、「癌症」、「小細胞」、「阿公」，爸爸愛開玩笑的你，這次可以也是玩笑嗎？雲越飄越快，但周遭人們為什麼沒有跟上？雨滴毫不留情地開始打在我臉頰，紅通通的臉及跳舞分泌的多巴胺被一個個輸入中無盡頭的追趕，十公里外爸爸那邊也下雨了嗎？公車怎麼還沒來？也因為月光暗淡而偷懶了嗎？歸途像我與阿公的回憶一樣長。

繼續一個人站在公益路，「悠遊上車」響亮的讀卡聲，車上充斥著兩兩說笑的聲音，像被匹配好似地，兩兩一組，我坐到了有月光的地方，緊盯著月光，不讓他逃離我的眼睛，月光別離開我好嗎？戴上耳機，我正在經歷雨天的心縈繞著，頑固的癌細胞一直侵襲我的腦袋，建起好多恐懼的牆，耳機傳來鄧紫棋〈瞬間〉，「花曾開得燦爛，笑曾點亮夜晚，然而雙眼一眨，今夜我們一樣孤單」，通話紀錄的未接來電越來越多，月光隨著節奏漸亮，灑下的光不停在馬路前行，阿公……你在家等我了嗎？耳邊的歌詞突然傳來「學堅一樣的強，淚流以前就擦乾」，堅定的歌聲衝擊著那片心牆，白血球般地想要趕走恐懼。

阿公說過一句話，沒什麼好哭的，長大了就要勇敢些。愛哭的我總覺得阿公很勇敢，就算在除草時，石子撞到腿也還是會堅強的自己開車去藥局敷藥，甚至在面臨生死別離也到了最後一刻滴下幾滴淚，便趕緊收拾眼淚，一直都這麼勇敢的阿公這一次也不會被擊敗的，月光好像在訴說著這些，指引著我回家的路，光絲織成了布，擦乾濕透的臉龐，也拭走雲的淚，雨細細地滴。

像個孤島般，堅強的阿公，在大海獨居，家人會成為泥土，連接起周圍的陸地，陪伴你每次化療。這次，就讓我替你勇敢。

## 完稿：〈天堂的花園〉

從小，我就非常怕鬼，但我的祖父卻依賴服務他們為生。

小時候，鄰居問我：「哩係誰的孫？」

「我是添仔欸孫。」

「喔～顧草的添仔啦！」

他們都知曉我口中的「添仔」是誰，甚至不停對我稱讚連連，還說了顧草一詞，那時我根本不知道那是什麼意思，台語欠佳的我只覺得他在罵我的阿公，後來得知阿公的工作就是在陰陽交接處，維護墳墓草皮，以及撿骨。

撿骨又稱「撿金」、「洗骨」或「撿風水」。就是在祖先埋葬若干年後，擇吉日重新開墳，撿洗骨骸重新為其安葬，此即撿骨或洗骨；由於此時會連同陪葬的首飾或金飾一同撿拾，故也稱之為撿金。阿公說，傳統習俗上，多視屍葬為兇葬，骨葬才是吉葬，加上早期先民渡海來台，總希望能衣錦還鄉，回到最熟悉的土地，哪怕親人過世也要將骨灰背返祖塋安放，認為安葬只是短期做法，長遠還是要請回故土安奉，所以才會形成了現今的撿骨習俗。

阿公也曾告訴我，當後代子孫的運勢變差，或是家中的人常生病，就會選擇撿骨，來祈求祖先庇佑一家大小平安順遂。

當初因為阿公的哥哥國小畢業時，學歷不高，家人認為孩子要學習一技之長才能好好生存求溫飽，於是伯公就被送去學風水撿骨。伯公退伍後，回到這個熱水器已經普遍、卻還要去撿拾乾木柴來燒水的三合院，伯公教導所學給手足兄弟們，後來近乎全家一起投入了這個行業，為的就是能夠努力養活自己的下一代，不要讓他們挨餓受凍，且可以好好就學，撿骨以及照護墓園草皮因緣際會下，就成了家族事業。

阿公說他做了超過四十年的風水業，曾遇過有一戶人家一直被祖先託夢傳達他們，墳墓的風水不太好，於是這戶人家四處去求神問佛，尋找解決的方法，輾轉試過了好多的方法都無效，因緣際會下，神明指示他們找阿公才能解決問題，神明說：「去找山腳的添仔，只有他可以幫你。」

那戶人家根本不認識阿公，而那時候通訊還不方便，如果沒有對方的電話或是遇到認識的人的話，要找到對方根本是大海撈針，打聽許久後，終於聯絡上阿公，這一切就像冥冥中有安排一樣。我覺得阿公好神，因為連神明都認識他、相信他！

阿公會稱給他工作的人為主人，他認為有主人給他工作值得感恩，我那時突然意識到，阿公的職業不平凡，而阿公卻又充滿敬意的對待這份工作。

因為國土有限，政府也明訂法令，要慢慢禁止土葬，撿骨這門學問可能會慢慢消失。但撿骨的學問卻非常多，地理仙要根據祖墳的坐向來擇日，也要算出哪幾個生肖的家人不能參與儀式，才能趨吉化凶。其中我認為最酷的技能，是阿公在山上工作久了，常遇到一些野生動物，例如蛇或是鹿，也有遇過水牛，有次跟爸爸去爬山，地上有個不起眼動物腳印，我一直盯著腳印看，卻看不出個所以然，只是因為沒看過野生動物腳印離自己這麼近，沒想到爸爸說那是鹿的腳印。在爸爸小時候曾被嘲笑只是顧草家的笨小孩，但我認為爸爸和阿公都是上知天文、下知地理的行走教科書。

死亡對我來說，是很陌生且不敢想像的事，所以我曾問阿公：「阿公你不害怕嗎？待在一個都是死人的地方。」

「一開始也會害怕，但或許就像神明告訴我的，這是我這輩子的天命。我細心照顧的韓國草皮，長得非常漂亮，而且有錢人家的龍柏在墓園，長得很茂盛喔！要害怕些什麼？」

阿公個性純樸，不會占主人家的便宜，阿公也從未調過價格，即使是撿骨開棺時，挖到先人家屬所給祂的金飾，阿公也會教育後輩們要原原本本歸還給家屬。阿公告訴我：「別人的信任很重要。」阿公用生命幫我上了一課。

墓園平時人煙非常稀少，阿公有次要上山幫自己的朋友去拔草藥時，恰好看到一群人圍在墳墓四周，原先以為那是在進行撿骨儀式，所以阿公選擇迴避繞路去採草藥，後來下山要開車拿草藥去給朋友時，那群人發現阿公的存在，阿公也發現他們是在盜墓，他們就將阿公的車擋住，阿公一身正氣回答：「我只管陰間的事，不管陽間的事。」最後才能全身而退。

「活人有時比死人還可怕。」阿公事後感嘆道：「其實人只要心夠正，就能鬼神無懼、陰陽不侵啊！」

阿公今年上天堂了，而現在我也不怕鬼了！因為我知道，善良的心就是天堂，而天堂裡只有天使沒有鬼。

我會學習阿公那顆善良純正的心，或許阿公現在也正用那顆最美的心，認真地照顧他最愛的，天堂的花園。

大家應該發覺到，兩篇的差異極大。從初稿到修成得獎作品，要經過五至七次的面批與引導，以下是在過程中，我對學生要求的重點。

**＊人物塑型——人活了，故事就活了**

人物是故事的核心，寫故事最重要的，就是人物的塑型。就像這篇文章，如果能將阿公描寫得可愛可親，讀者才能與作者建立「通感」，在阿公離世時，也苦著作者的苦，淚著作者的淚。

**＊進入田野——找到吸引讀者的陌生田野**

散文重實。所以我要求珊妮必須做兩種田野，一是人的田野，二是知識的田野。

要進入「人的田野」，才能收集「動人的細節」。也因為人的記憶常有所遺漏，所以珊妮除了訪問阿公外，也必須詢問了家中的叔伯輩，以充實故事的血肉。另因「撿骨」的歷史與專業是讀者有興趣的「陌生細節」，而「陌生化」是趣味與美感的來處，所以我要求珊妮利用網路，走入「知識的田野」，構建「撿骨」的知識脈絡後，讓一篇「散文」情理交融，「散」得繽紛有致。

### ＊價值對比破題——由對比面出發

對比是一篇文章的核心。

對比可以找到價值衝突，而「衝突的選擇」就是文章的主題。

對比還可以造成矛盾語，而矛盾語往往是直指核心的「名言佳句」。

所以在引導學生時，最核心的引導，就是「對比引導」。

例如「撿骨」在一般人的心中應該是非常「可怕」的行業，所以我們要去描寫阿公的「不怕」。所以和學生討論的結果，就是由學生的「怕鬼」出發，再拉到阿公的「不怕鬼」。

然而怕鬼只是事件的表層，表層無法撐起一篇文章，我們必須從「事件表層」挖掘「人性底層」。「人性底層」是愛恨、忠奸、善惡等對比選擇，文章主題便是「選擇後的價值」，也就是所謂的「普世價值」。有「普世價值」的文章在閱讀時才找到人類的「通感」。而本篇主角阿公的選擇，就是「善良」，對比出盜墓人的「不善良」，最後寫出了「人比鬼可怕」的動人佳句。

**＊意象對比破題**

寫作必須用文字畫圖，必須利用視覺想像力，找到看得見的B，去講看不見的A。所以從人間可怕的「墳墓」抓對比，聯想到「天堂」。從墳墓的「花草」，聯想到天堂的「花園」。再從「顧草人」連結到「天堂花園的園丁」。最後「天堂的花園」就變成文章的題目。

鑒於學生寫作毫無經驗，因此要一步一步引導學生落實這些「關鍵提問」，三個多月的時間，來回面批七次，最後有幸得獎。但不幸的是，阿公也在這段期間上了天堂，幸好學生留下這篇文，也將「撿骨」與「顧草」這個即將走入歷史的行業，以及阿公的「忠」與「善」，留存在不朽的文字花園裡。

# 17 不當文字色盲

## 開始建立「文字色票」吧！

經過三個步驟的訓練，

便能擁有色彩敏感度與「意象造色」的能力：

建立觀察的習慣、尋找色彩連結的品項、定期記錄個人色票。

他穿著「鐵軌鏽蝕」色澤的外套立在門口，髮色如「暴雨前亂雲」，我已認不出，那是我二十年未見的父親……

這是寫作班學生的文字。她用新穎的意象描摹顏色，文字效果驚人。「鐵軌鏽蝕色澤」替換掉缺乏想像力的咖啡色，不僅迭出新意，而且讓人聯想到父親過去二十個寒暑，就像在不變的軌道上，風吹雨打，日夜奔馳，至今已鏽蝕斑斑。而那

「暴雨前亂雲」的髮色，讓讀者連結到灰黑的西天積雲，凝結厚重，似乎生命大雨將至。

「妳是作家了，」我對那位文字初航的學員期許深深：「寫吧！妳的底氣很足。」

之所以充滿信心，是因為這寥寥數語，已說明她擁有作家需要的三種能力：「觀察力」、「連結力」、與「創發新語」的能力。

寫作又叫創作，是因為「創發新語」是讓讀者耳目一新，及讓文學推陳出新的第一要件。然而一般人總是因為缺乏先天質素，或是未經後天訓練，只能揀拾前人陳言套語。例如講到白色，頂多能使用雪白、灰白等有限形容詞，等而上之的，會進化到象牙白、珍珠白、乳白、花白、羊毛白等意象語言。其實這些語言如果再加以「細節化」與「圖像化」，我們又可以分出茉莉花白、初雪白、羔羊毛白……等更鮮跳的形容。

日前與一位法國的幼教老師討論兩國幼教，她說法國的幼兒園比較不教知識。例如上美術課時，會先帶孩子到大自然去，請孩子用眼前的自然萬象為顏色命名，這造就他們意識裡顏色的活潑與多元。也因此，教養出的公民，會對顏色更敏感，這也是西方一直可以用顏色來引導時尚的原因，例如愛馬仕的豔橘包、卡地亞的紅盒，或是伯爵錶的藍色錶盤。而箇中翹楚，就屬被 Tiffany 編列為 PMS 1837 號色的「蒂芬尼藍」。「蒂芬尼藍」的靈感，事實上是來自自然界——知更鳥蛋殼的顏色。

Tiffany 每年都會請專門研發色彩的權威機構 Pantone 調製獨家顏色，甚至為這些特有顏色註冊商標，除非是 Tiffany 授權，否則其他公司不能擅用「蒂芬尼藍」，印刷廠也不能印製這個顏色。

今日我們如果不想當文字色盲，也可以經過三個步驟的訓練，便能擁有色彩敏感度，與「意象造色」能力：

一、建立觀察的習慣

二、尋找色彩連結的品項

三、定期記錄個人色票

例如可至附近的花店或植物園，尋找鈴蘭、繡球花、山茶花或茉莉花等白色植物，會發覺它們的白有深淺，而且最重要的，寫作時使用這些植物來形容白色的表層意義（denotation）時，還會使用到它的聯想意義（connotation）：例如鈴蘭的可愛、繡球花的喜慶、山茶花的忠貞，或是茉莉花的典雅。

所以建立色票庫時，相同的顏色可以有許多不同的名物代表，例如一樣是咖啡色，

「鐵軌鏽蝕」會聯想到歲月的滄桑，「玄武岩的剝蝕」會連結到澎湖漁民的堅毅，「樹皮的剝蝕」則可能要影射老化與病態。

大千世界，何止七彩，單一物種，不同時序便能幻變出萬種風情。例如新雨過後，早晨走進山中，會發現松葉蕨、斷線蕨、大金星蕨、鐵線蕨等，呈現的是濃淡不一的綠色；而在日出日落，山壁上的苔蘚，亦有不同的光影色澤。所以下山時，可以試著不再使用簡單的深藍、淺藍來形容眼前的天空，這次可加點名詞，你會發現海水藍、孔雀藍、寶石藍、海軍藍等詞彙，可以連結更多意義。

當然，最好的方式，是去蒐羅你自己獨有的藍色，例如一天裡你看到桔梗花、木槿花、紫羅蘭、龍膽花和勿忘我等藍色植物，此刻你想寫封信給方才一見傾心的夥伴，你會選擇哪一種花草來描述你的藍色信箋呢？

我會選擇一種花姿不凋、深情不褪，象徵美麗與永恆的小花，你猜，是上述哪一種呢？

## 18

# 我的亂世，你的佳人

## 脫胎換骨的成語分解法

若要觸動今日讀者感官，
學習「轉古為今，化舊得新」的創意，
一樣可以舊詞生新意！

詩人徐珮芬在第三本詩集《我只擔心雨會不會一直下到明天早上》裡，有一首被讀者至今傳頌分享的名詩〈戰爭〉，詩的最後三句，更是令所有戀人撕心裂肺、柔腸百轉的名句：

你仍然是我的亂世
即便我已不是
你的佳人

亂世佳人的成語，經過「拆解」，加上你我的「對比」，馬上有了深情與新意，讓讀者感受到晏殊筆下「無情不似多情苦，一寸還成千萬縷」的千古惆悵。然而若要觸動今日讀者感官，徐珮芬「轉古為今，化舊得新」的創意，可能比晏殊的舊詞更為有效。

我們從小背誦的成語，放入今日語境，常覺扞格不入，但如果我們也學習徐珮芬的巧思，一樣可以舊詞生新意！

例如「咫尺天涯」若加上時間的對比，就變成「今日咫尺，明日天涯」，是不是增加了詩意與力度？

像是「龍蟠虎踞」、「臥虎藏龍」等兩個老氣橫秋的成語，拿來做校園書寫，也可以表現得很鮮跳，例如：

游泳課在更衣室，看到同學身上一堆刺青，有的胸口「龍蟠」，有的後背「虎踞」，好不駭人。

高一時大家都很混，上課時睡覺是「臥虎」，搬走桌椅蹺課是「藏龍」，但是到了高三，大家真的拚了，考出好成績。現在同學們在職場上，個個龍飛虎躍。

考完後，同學們也可以玩拆解成語的遊戲，例如：

用物理「懸梁」、數學「刺股」的辛酸歲月終於結束了，現在我要走入閱讀的海闊天空，理解我興趣的「來龍」，以及理想的「去脈」。

疫情時期，各行各業都遭受到巨大的衝擊，也可以拆解成語來抒發心情：

昨日「山高」，今日「水阻」，我們公司在二〇二一仍未脫險境，各位幹部仍然「任重」，脫困之途仍是「道遠」。

底下提供一些成語，只要大家願意「胼手」拆解、「胝足」練習，保證他日必能構思「舒眉」，文章「展目」！

「滄海桑田」、「紅粉知己」、「天長地久」

「千言萬語」、「談情說愛」、「載欣載奔」

「袖手旁觀」、「楚河漢界」、「花容月貌」
「兵荒馬亂」、「破釜沉舟」、「樽前月下」
「拔山扛鼎」、「月白風清」、「蠶食鯨吞」
「五湖四海」、「月落星沉」、「遮天蔽日」
「明眸皓齒」、「活蹦亂跳」、「天眞無邪」

# 19

# 詩的可感與可解

## 文學重感受，而非感知

詩人必須從可解的寫實再出發，
追求詩節的音樂性、移動語言出入的象限、
開發文學的天地通感，
所以「可感」成了詩人的終極追求。

這幾年各大文學獎一揭曉，留言板上常常出現「它得獎的理由何在？」、「這首詩怎麼會得獎呢？」等問句，而我自己也有類似的疑問。尤其幾年前，自己有兩篇詩作參加小型文學獎，結果均空手而歸，之後未加增刪，改試直轄市文學獎，竟雙雙掄元。不禁好奇，不同評審的詩觀，差異竟如此懸殊。

## 新詩亦有嚴謹的體格和規律

其實這種標準莫衷一是的「美學亂象」，讓新詩成為被誤解最深的文類。許多人以為近體詩有格律遵循，因為有外在形式美學的規範，不致被「胡搞瞎搞」，卻不知更自由的新詩，一樣有它所要追求的音樂性、意象，以及蒙太奇跳接等基本上的格律，也就是說，新詩的難，「難在自創格律」。

因為「體例不明」、因為「看不懂詩」，許多教學者會下意識地躲避新詩。例如曾閱讀一所名校的校內得獎詩作，發覺老師選出的作品分為兩大類，一是分行的散文，二是古詩詞的拼湊堆砌——這些，都不是詩。反而在閱讀被老師刷掉的作品時，竟發現星光斑斕，遺珠點點。

詩是「意象語」，意象是散文的血肉，是文案的骨架，更是歌詞的靈魂。當詩學校園不傳，寫詩和讀詩的人口越來越小（而且常是同一群人），這不僅會阻礙新詩的發展與出版，也會讓後學無典律可循，一個國家的文創底蘊，也會因此孱羸板滯。

個人自弱冠至不惑，浸淫文字多年，甚至曾任廣告文案鬻字為生，然而江湖易老，韶華早過，自知禿筆難生風雲，創作已成枝影搖光，當不了真，決意停筆。直到認識了《創世紀》詩刊主編，詩人嚴忠政，在他的引導下，才終於有幸入詩門，識堂奧。也慢慢理解，新詩是所有文類的核爆點。

擁抱詩，詩也更用力「擁抱」我，徹底翻轉了我平凡的一生。為了感謝詩，這本書不啻是以詩為核心，書中也合該有一篇文，以詩學驅散迷霧，還詩本然。在此先邀大家欣賞詩人夏宇的名作〈擁抱〉：

風是黑暗
門縫是睡
冷淡和懂是雨

突然是看見
混淆叫做房間

漏像海岸線
身體是流沙詩是冰塊

貓輕微但水鳥是時間
裙的海灘
虛線的火燄
寓言消滅括弧深陷
斑點的感官感官
你是霧
我是酒館

## 讀詩放輕鬆，不強作解人

相信大家讀完後一定很緊張：「糟糕，我讀不懂它在講什麼耶！」沒關係，沒有人真的懂這首詩，你只需放輕鬆，不強作解人，去感受每個符碼與音節，然後有沒有發覺，豐饒的意象化作蟲洞，帶你穿越時空，上山下海，出冰入火，空間忽明忽暗，時間似睡似醒，在裙襬飛舞的遼夐海灘，你的感官敏銳到如雲上蒼鷹，可以看見大地圖檔無限放大後，色塊的斑斑點點，但最後，你終能進入懂你的酒館，被赤裸的美擁抱。

夏宇將詩集《腹語術》中的每個字剪開，重新組合，再拼貼成另一本詩集《摩擦．無以名狀》，這首〈擁抱〉也於焉誕生。然而就像畢卡索的抽象畫之所以是舉世一絕，是立足於他的素描基底。夏宇看似遊戲的「拼湊」，其實是用有限的語詞，將自己逼到絕境後，再以一生的文字底蘊為內力，向現實的邏輯發功，期待用最大膽的句式實驗，開發出每個字詞的能量，為的是開啟讀者感受的最大自由。是的，這首詩求的是「可感」，而非「可解」。

很多人只將散文分行，讀來易解，然而卻因缺乏意象的經營、語言的實驗、氛圍的營造，就不能成為好詩。所以必須提醒學詩的朋友：詩的「可感」，重於「可解」。「可解卻不可感」的斷句，其與美亦遠矣，絕非好詩。

進一步討論前，我們再一起來「感受」詩人嚴忠政的兩首詩：

## 〈夏日在嘉義平原〉

閉起眼睛懷想
有細雨自梅山飄來
你張開手掌，掌心就是平原
彷彿有作響的牛鈴
被雨，或者我的鍵盤敲醒
而牧者盡皆老去

故事都老了，沒關係
沒關係，所有熟黃都曾經孤寂
你知道的
這是命定也是沃土
吳鳳走了，吳剛還在
我們繼續在自己的夢裡耕作遠方

看夕陽在水上機場降落
回憶的甜度會像甘蔗那樣千頃排開
並讓眉睫收割

這不是洪荒以來的第一個夏至
你知道的
我掛在北迴歸線晾乾的衣物
像無菌而貼身的愛

## 〈此前〉

她的名字叫早晨
早晨沒有情緒
像你醒來
原諒了敵人也就原諒自己

她靜靜像
畫在紙角的風鈴
時間是風

敵人走來走去
給她很多顏色和大面積的噪音
她還是沒有情緒

窗外的筆劃越來越少
（終於可以）只有菅芒幾筆
最後連田壟那邊跑回來的霧
都為了擦亮玻璃

## 我要的，終究不是一義一指

讀完後，相信大家一定都能感受到詩人傳遞的美感，但也一定會覺得，第一首比第二首更容易理解，因為梅山細雨、平原牛鈴，與看機場夕落，在在提供我們清晰的畫面；「所有熟黃都曾經孤寂」，指涉眾生的人生況味；「回憶的甜度會像甘蔗那樣千頃排開」，給我們廣袤的甜美鄉愁；而末句利用虛實雜揉，將衣物「掛在北迴歸線晾乾」，允許我們碰觸到故土洪荒「無菌而貼身的愛」。

然而詩人的企圖不僅於此，他說：「我要的，終究不是一義一指。特別是語言在一個隱喻系統中不斷自返的過程……詩和神話中的英雄一樣都是保全我們的神祕力量。有時高亢，向洪荒以來的所有精魂宣讀三萬年前的勢力；有時碎步行止於磐石，旋即崩雪。」

詩人必須讓詩行的碎步，止於「可解的磐石」，但固著的意義必須「旋即崩雪」，詩人說：「書寫者以為坐實了一尊觀音，但何嘗不是另一個乖離的開始。因此，我寫詩固然有個真實事件在背後，但它不見得以寫實的手法來處理。」

所以詩人絕對不會滿足於只描寫一座平原的現實：「作為一首詩的美學階段，不必然是建立在內容說了什麼，而是我對『語言』做了多少努力。有時每個單音節就像鋼琴鍵，文字本身不一定只為意義構設，或者說，音樂本身就是意義……或者說，文學有其與天地通感的儀式，那是一種環顧蒼茫之後，最合於個人生命基調的語言（一般說是風格）。」

詩人必須從可解的寫實再出發，追求詩節的音樂性、移動語言出入的象限、開發文學的天地通感，所以「可感」成了詩人的終極追求。如同〈此前〉中，「時間」被有心的設計，語言必須不同於〈夏日在嘉義平原〉。詩人補充：「語言可以很輕，像畫在紙角的風鈴，或像茶匙，卻不帶判斷力；也可以很重，有最大的撞擊面去迎擊鬼斧。」

至於讀者在〈此前〉中瞥見的「鬼斧」，可能是「走來走去的敵人」、也許是「很多的顏色」或「大面積的噪音」，是什麼不重要，重要的是讀者的感受連結。詩人用「非認識性的」、「戲劇性的」語言：早晨、畫在紙角的風鈴、菅芒幾筆、田壟那邊跑回來的霧，來撞擊生命的鬼斧，最後，原諒了敵人也就原諒自己，連所有生命的霧氣，都可以擦亮玻璃。

## 詩人創作，是以圖像、旋律、光影、幻覺思考

這是我讀到的理解，但這絕不是唯一之解。詩無正詁，好的藝術一定是「不穩定結構」，就像我們看到公視不給標準答案的《我們與惡的距離》，都知道那會比善惡分明的

八點檔肥皂劇，更貼近美與藝術。所以我們不能苛求好的詩都是可解，也更不應該在看不懂詩時，就斷言那不是一首好詩。

我非常尊敬的詩人李進文，在為嚴忠政詩集《玫瑰的破綻》寫的序中，為帶領詩學前進，卻環顧蒼茫的偉大詩人們，做了很精準的美學註解：「詩人在創作時不是用語字思考，是以圖像、旋律、光影、幻覺……與神交流。所以詩人思考時是最渾沌不清的，或者接近一種彌留狀態。只有在詩句以最適當的方式及準確的位置現身時，詩人才會有那麼一瞬間清晰起來。詩人清晰起來的一瞬間亦是他最功利現實的一刻了。還好，詩人很快又進入了彌留狀態。然後躺下來，在詩中；等待一株玫瑰從荒原般的體內冒出新芽。」

邀請大家讀詩，也讀「不懂的詩」，不要刻意追求文字的「外在現實」，去感受詩句用圖像、旋律、與幻覺組成的「內在現實」。最後，你一定可以進入新詩奪人心魄的意識中，重新審視生命的種種，漸漸地，你有了能力擁抱美，也被美，用力擁抱！

# 20 用「論說文邏輯」寫小說

## And then？將衝突推到極限

用想像力的列車，

開在邏輯的軌道上，

往無止無盡的地平線延伸……

寫小說與寫論說文，都需要有邏輯的推論，需要根據一個事實，然後「一層層」的往下推。就像所有的科幻小說或電影，都須先設定一個可讓人相信的科學事實，再根據這個點，用想像力的列車，開在邏輯的軌道上，往無止無盡的地平線延伸。

**推論擅離邏輯，觀眾會不斷出戲**

例如改編自天文學家卡爾．薩根（Carl Sagan, 1934–1996）的科幻小說，一九九七年發行的美國科幻電影《接觸未來》（*Contact*），其「科學邏輯」就構建於一九六三年落成的阿雷西博天文台（Arecibo Observatory），它擁有世界上最大單孔徑望遠鏡，更容易接收到外星文明的訊號。在一九七四年，美國的兩位科學家通過使用阿雷西博望遠鏡，發現了第一個脈衝雙星系統，還因此獲得一九九三年的諾貝爾物理學獎。因此電影用這個已成立的事實基礎，講述一位女天文學家尋找外星文明的故事，就非常讓人信服。

二〇二〇年十二月一日，「阿雷西博」望遠鏡因為塔尖斷裂，正式退役。但同年一月十一日「中國天眼」（FAST）啟用，九月啟動「尋找外星人」的任務。「天眼」的五百米口徑球面射電望遠鏡威力更驚人，它甚至宣布首次捕捉到距離地球約三十億光年的銀河系快速電波爆發，一些天文學家猜測它是「外星來電」。照這個邏輯發展，人類很可能於可預知的未來與外星人接觸。這時我們可以發揮想像力，And then，然後呢？你會想問外星人的第一個問題是什麼？會是《接觸未來》主角艾莉的那句經典台詞——「我想問，他們是怎麼熬過科技的青春期（technological adolescence），而沒有毀滅自己？」或是如同已故知名物理學家霍金的警告：「尋找外星人有可能會為地球帶來災難，就像哥倫布發現南美洲一樣，只想掠奪地球資源，帶來毀滅性影響。」也就是說，我們還沒發問，就先被獵殺了。

這樣的推論，非常有意義，但只要推論擅離邏輯，荒誕不經的故事，只會像最後幾集的《變形金剛》一樣，師出無名，亂打一通，只會讓觀眾不斷出戲。

## 爸爸偷穿媽媽的裙子，然後呢？

科幻的邏輯是科學；寫實小說的邏輯就是人性。科幻小說的推進，是將科學的發展推到極限；寫實小說的推展，則是將人性的衝突推到極限。

例如自己有位學生，曾經很難過的向我投訴：「我的爸爸『嫁人』了。」

「蛤？你有沒有講錯？」當下我真的懷疑自己聽錯。

「老師，我不是開玩笑，我爸爸喜歡男生，他會結婚，只不過是受到傳宗接代的壓力。」

「那你媽媽不是很可憐？」

「大家都很可憐，我記得小時候曾看見爸爸在偷穿媽媽的裙子，現在才知道，他這麼老了，也需要為自己活了。」

學生的話在我心裡不斷發酵，我聯想到，這不會是個案，一定有更多現實世界的夫妻，也遇到相同的問題。所以當學生右芸想寫一篇女學生與男老師的師生戀作品時，我不禁提醒她：「你們是『房思琪』世代，寫過太多類似的故事，覺得妳應該發揮更狂野的想像力，去符合小說 novel 這個字的定義。」

「novel 就是小說啊？」

「其實這個字的原意是『新意』，像同一個字根的 innovation，就是『創新』的意思。所以妳應該寫一些比較少人開發，又符合人性邏輯的故事。」

「老師，我不是很懂，可以舉個例子嗎？」

我講了「父親嫁人」的故事，然後問右芸：「有沒有可能，一對外表幸福的夫妻，其實丈夫真實愛的人，是男生；而妻子真實愛的人，是女生。」

右芸點點頭：「一定有喔，所以如果我將小說裡的男老師改成女老師，然後……哇！我突然跑出好多想法！」

「這個設定變成女學生與女老師的故事，很新鮮，會吸引很多人閱讀。妳有什麼新的創意呢？」

「嗯，我覺得可以將故事設定在一所女子高中裡。」

「有意思，然後呢？」

## 寫作要有比例原則，必須把最多的文字留給衝突

「然後這個女老師擁有一個世俗的婚姻，但卻活得很痛苦，因為她無法隱藏自己的天性，開始主動接近她喜歡的女學生。」

「然後呢？女學生會很容易接受嗎？」

「嗯，應該……一開始很難接受吧。」

「很棒，妳有在動腦，這才呼應人性的邏輯，因為世俗的框架一定會在她們的心底造成衝突。而小說的核心就是衝突，如同作家王鼎鈞說過的，寫作要有比例原則，必須把最多的文字留在心理衝突與態度轉換的過程。」

「所以她們接受彼此的過程一定要慢。」

「完全正確！然後呢？妳覺得她們會永遠在一起嗎？」

「應該不會，就像老師說過的，幸福不是故事，不幸才是。她們最後會分開。」

「然後呢？分開後，老師會如何依人性的邏輯因應？」

最後經過一個月的對話與討論，右芸將她的小說〈家庭訪問〉越修越有細節，人物的謦欬形貌也躍然紙上，最後很幸運拿到了文學獎首獎。

〈家庭訪問〉是一篇初學者的習作，卻因為札實的邏輯推理，成為一篇值得其他初學者觀摩的作品。文中除了充滿巧思的意象語言，最重要的是，環環相扣，依據人性設計的情節，很能說服讀者。期待每個讀者，也可以廣泛閱讀科學新知、熱心觀察社會，並勇敢的推敲人性，然後找到一個穩定的立足點，開始練習符合邏輯的推論……然後呢？然後呢？然後你一定可以成為一個論說文高手，或是創意十足的小說家喔！

## 第十八屆中台灣聯合文學獎小說組首獎

### 〈家庭訪問〉

▼洪右芸

那一晚的夜色特別黑，方詠瀅初次踏入老師家隔壁的異國藝品店。推開褐棕色的木門，淡淡的印度線香迎面撲來，昏暗燈光顯得空間狹小擁擠，架上擺放琳瑯滿目的雕塑，盡是些名作的縮小複製品。

方詠瀅往內部走，越深處越暗，盡頭的吊燈甚至未裝燈泡，但那吊燈下的情色雕塑吸引了方詠瀅的目光。雕塑是兩個印度女體交纏的銅像，歡愛表情婀娜，令人看了羞慚，方詠瀅很快別過頭。

但體內一股溫熱，使她莫名發慌。

●

「今天的開學考是考英文嗎？」

方詠瀅夾起盤子上的煎蛋放入保鮮盒，沒有抬頭。

「嗯。」

「瀅瀅是令我驕傲的女兒吧？」

心臟一縮，她蓋上保鮮蓋，喀啦喀啦，方詠瀅突然想把自己置入保鮮盒裡密封。

「我會考第一的。」

拉了拉墨綠色的衣襬，以為這樣就能端整自己。她回話得很緩，謹慎小心不讓任何徬徨露餡。

母親同一句話說過很多次，方詠瀅忘記有幾次。大概經歷過幾次考試就聽過幾次吧。

側背起乾扁的深綠色書包，像海帶。她綁好鞋帶，一邊回想著她把單字本放在哪一層、等會兒在公車上該如何翻找比較方便拿取。

當她的手觸碰到冰冷的鐵門把，母親補了一句：

「詠瀅果然是我的乖女兒。」

這是開學那天早上出門前，母親對她說的最後一句話。她一直牢記在心。

她要成為乖孩子。

●

那一天是高三上學期的某天早晨。

女孩們在鐘響過後魚貫進入教室。所有人都綁著馬尾，不高不低，整齊一致。汗水濡濕瀏海，像掛著露水、剛開苞不久的鮮嫩百合花。露水沿著輪廓懸在下巴，最後剔透地落在鎖骨上。

百合花們進入教室後便脫下褲子、換上上衣，衣服布料與肌膚的接觸摩擦悶悶滾動，即使沒有拉上窗簾或關上門，也沒有誰表現出不自在的樣子。

這是體育課結束的平凡光影，透明地。

方詠瀅是其中一朵，而她總陶醉於這空間瀰漫的氣味。

此時，女性高跟鞋的跟底踏在青灰色的硬石地板，勾起一聲不疾不徐的清脆輕響，整齊劃一。方詠瀅的背脊沒來由地感到一陣發麻。

「老師好。」

「老師早安。」

問好聲此起彼落，這是一天以來最沒秩序的時刻。大家連忙套上新的運動服，重新綁好馬尾坐下。

只有方詠瀅停下動作。她的目光停在女人的高跟鞋上。

麻痛感從背脊蔓延至胸口，如藤蔓悄悄從平滑肌膚破繭，靜靜竄生，最後纏住她。

方詠瀅的視線上爬至女人的臉，發現對方正盯著自己，卻沒有看著她的眼睛。

●

「詠瀅，等等。」鐘聲一響，方詠瀅拿著掃具正要走去外掃區，卻被一聲呼喚拖住腳步。

是老師。

「我要跟妳確認一下家庭訪問的時間。」女人將教科書夾在腋下，從窄裙口袋裡掏出手機，模樣顯得有些慌忙。

方詠瀅忍不住看了一眼女人的鞋，今天穿的是白色帆布鞋。是方詠瀅最近鍾意的那款，她發現老師和自己好像沒有什麼不同。

「妳上次在通知單上填星期五晚上吧？可是我那天臨時有事，可以跟妳改時間嗎？」

回過神來，方詠瀅點點頭，正要開口詢問老師什麼時候有空，女人突然毫無預警的朝她靠近。一股熱氣倏地撲鼻而來。

「妳什麼時候要補習？星期四可以嗎？還是……」

女人身體微俯，與方詠瀅並肩。薰衣草精油的氣味撩過她的鼻頭，參雜著淡淡菸草氣味，不知道是不是錯覺。

這是她第一次嗅到這樣的氣息。撲鼻而來，沿著鼻道搔癢，最終與百合花香氣融成一塊，解不開。

什麼都聽不見，只見對方嘴巴開合呼吸斷續，像池子裡的鯉魚。

「詠瀅？」

方詠瀅渾身一顫，手上的掃把從掌中滑落，吧嗒一聲，她連忙彎下腰撿拾。

女人從頭到尾靜靜看著她的驚慌。

方詠瀅故作冷靜地回，「我都可以。」

「好，那就星期四見囉？」

「好，老師掰……」女人的手突地伸向方詠瀅的右臉，指尖輕輕劃過她的唇角，有些刺。

方詠瀅的臉不自覺往後一縮。

●

星期四晚上七點零三分，女人依約來到方詠瀅的家。

方詠瀅從六點半就坐在門口等待。

晚間的電鈴聲有如細針輕戳了方詠瀅的腳底板，不痛，卻足以讓心跳帶動整身跳起。

「晚安，詠瀅。」女人脫下亮紅色高跟鞋，穿上方詠瀅半小時前準備的拖鞋。「妳媽媽呢？」

「媽媽出去辦點事情，等等就回來。」

女人恍然似地點頭，便走向沙發坐下。女人烏溜的長直髮與深黛色的裙子融為一體，窄裙合身的包裹住她的臀部，能在她的每個腳步落下的瞬間捕捉到一閃即逝的優美線條。

「妳在寫英文作業啊？筆記做得很認真呢。」女人伸手翻閱躺在茶几上的英文習作，

「妳第七題寫錯了，這裡不是用be動詞。」

「哪裡？」方詠瀅朝女人走近，在女人的左手邊坐下，薰衣草香氣同時竄升籠罩，湧進耳朵穿進耳膜再跟著呼吸從鼻孔吐出。

方詠瀅拾起筆，重新讀了一遍第七題的題目，接著拿起立可帶在答案欄上輕壓移動，喀啦聲在這樣的靜謐中甚是另類震耳。

她拿起紅筆，當筆頭要落在紙上的同時，方詠瀅感受到女人的指尖在她肩膀上輕盈躍動，沿著內衣肩帶向上爬行，越過鎖骨向下，緩而堅定，每個觸碰都是那樣厚實飽滿，手的溫度透過衣服布料衝破肌膚，與心跳共舞。

方詠瀅喘著粗氣，筆尖隨著肌肉瑟縮，一條曲折線不小心畫出答案格外，幾乎都要劃破書本。

在母親開門的那刻同時收手，沒有匆忙，彷彿碰觸僅是自然表現。

方詠瀅坐在沙發上失神地看著母親和老師對彼此點頭招呼、互相誇獎。女人會提到方詠瀅，將她形容得像是完美無缺的優秀孩子。

方詠瀅對談話內容漫不經心，但雙眼始終緊盯桌上的英文習作。

從第七題劃出的那條線如深溝，看得見紙張破裂的纖維。

而那條裂痕正同時在方詠瀅的心頭上龜裂。

九點，母親替老師開了門。方詠瀅站在一旁。

她看見門外停了一輛賓士車，男子搖下副駕駛座的窗戶，朝母親點頭示意。後座的窗戶同時被拉下，方詠瀅看見一雙男孩眼睛正在偷看自己。

當女人彎下腰將亮紅色的高跟鞋套上，母親開口，「這雙高跟鞋真美呢。不過經常穿肯定會腳痛的吧？」

女人露出淺笑，「是啊，時常會抽痛呢。但女人不穿高跟鞋怎麼行呢？」

●

方詠瀅今天不小心在學校自習室待太晚了。

手機捎來母親的訊息，每五分鐘就傳來一次。

方詠瀅一手抱著厚重學校外套，一手的英譯辭典上疊著國文講義，那重量正好壓在她的胸口上。悶且鬱，卻微冷。

她沒有餘力拿出手機。她這樣告訴自己。

冬晚八點的學校浸泡在黑暗裡。城市的喧囂飄盪不進來，被看不見的鐵壁阻隔在外。

沒有亮光指引，只好摸著月光行走。唯一的發光體只有行政大樓的師長大辦，那顯眼迷人的程度連急著回家、只是經過的學生也會忍不住停步仰望。

方詠瀅站在門口很久，從小窗感受迎面而來的溫暖。看不見裡頭有誰，她還是推開了門。

走到影印機前，擺好講義，壓下上蓋，正要按下列印鍵的同時，一陣短促呼吸聲從她身後冒出。那聲音細微如塵埃，要很專心才能聽見。

她放下手邊的東西，尋找聲音來源。在其中一間隔間發現趴在桌上臥躺的人兒。

視線下移，方詠瀅發現對方赤著腳。她看見她的腳後跟有著大小不一的傷疤，破掉的水泡上又長了個水泡。

「老師？」

人兒渾身一顫，她緩慢地轉頭，微濕的髮尾遮住女人半張臉，卻能清楚看見那透著濕意的雙眸。

空氣中瀰漫檸檬酸味。那味道從方詠瀅的五感直衝進心臟。有些疼。

她更靠近女人一些。見對方的肩膀止不住打著哆嗦，方詠瀅下意識將手覆上她。

掌下的震動漸漸停止。方詠瀅鼓起勇氣詢問，「老師，妳和妳的先生發生爭執了嗎？」

這句問句消散在空氣裡，方詠瀅良久都沒有得到回應。當她以為自己失禮正準備道歉，女人緩緩撐起身子，臉倏地朝她的湊去。

今天女人身上沒有薰衣草味，只有脆弱的百合香，跟她身上的味道一樣。

「我不愛他。」女人呢喃，聲音小得像是說給自己聽。

「那為什麼——」

「我不愛他。」女人重申，噘起唇吻住她。

方詠瀅打了好大一個哆嗦。那瞬間彷彿連血液都停止流動，她用力推開女人。

「老師！不要。」

女人微睜迷濛的雙眼，眼角掛著些許水氣，「詠瀅。」

「長大以後千萬不要像老師一樣。」女人平視她，視線卻又好像穿過她的身體看向遠方，「不要為了迎合大眾捨去最真實的自己。選擇自己所愛，不要待在陽光照不進的地方，偷偷追求還怕被揭穿。」

方詠瀅垂下眼簾，欲言又止卻被打斷。

「是這個世界對不起我。」女人再次朝方詠瀅靠近，「但妳不會讓我失望吧？」

不等方詠瀅回應，女人再次將唇覆上她的。這次方詠瀅沒有抗拒。

下意識屏住氣，方詠瀅嘗到淡淡芒果菸草味。她好熱。空氣逐漸濕濁，任何濡濕一落在平面就因熱度而迅速揮發。方詠瀅有些暈眩，數十隻手撩撥她的內臟，輕巧撫捏，勾勒出不知名的形狀。遠瞅著天花板的ＬＥＤ長白燈模糊不清的明爍，方詠瀅一定比它們還燙。

兩人吻了一陣，吻到方詠瀅舌頭發麻，她輕推開她，「老師……我會怕。」

「噓。」女人站起，捧住方詠瀅的臉將她的唇整個含住，不讓她有頂嘴的機會，「別怕。」

遲疑猜測恐懼全拋在腦後。

手機的訊息提示聲更不曾停過。

●

薰衣草香氣在深處隨著心跳蠢蠢欲動。

方詠瀅凝睇著板溝。小撮的粉屑在黑板暫緩，最後落在粉堆上層。不到幾秒，上層堆疊繼續。

她轉眼，搖盪的青綠光暈閃動，不仔細看還以為是迷霧，從玻璃滲漏進方詠瀅的雙眸。看得見風的影子，卻聽不見風聲。

繚繞耳際的，只有粉筆摩擦聲，和台上的人。兩者都拿著羽毛朝著心頭搔癢。

少了外殼防禦，高跟鞋落在講台上的輕踏，每聲都重重踩陷在方詠瀅的心臟，跟著發出黏膩酸腥味。

及腰長髮在女人轉身的同時輕躍，亮出和窗外不同顏色的霧濛，是金銅色的。髮尾相碰，細微的、流沙般的聲響，清晰可尋。

視線下移，女人的唇角勾起。上課時，她總會笑，微笑的弧度像是特別測量。唇瓣上卻白得彷彿灑了一層粉筆灰，淺薄，卻滲進唇紋，開出分歧。好像迷宮，好想進入裡頭走一回，自行解開謎團。

當舌頭下意識潤濕乾枯的飽滿，一瞬間，方詠瀅跟著嚥了口口水，黏膩裹在喉頭，嘗到些許苦澀。

慾望從心底奔竄，她想與台上的人四目相對。

這是第一次，蓬勃高漲出的真實。

「匡噹！」

空間中的所有人同時將視線投射過來。包括她的。

「抱歉。」故作慌忙地拾起地上的保溫杯，方詠瀅抬眸，捕捉得來不易的正臉。眼睛一眨，拍下存檔。

●

越是抑制越易潰堤。這是方詠瀅最近學到的新東西。

方詠瀅已經忘記她小學時期是怎麼喜歡上一個男孩的。

她怎麼也想不起對方的面容。

從前在國中時還是在男女混雜的環境中，方詠瀅總對女校懷抱許多驚懼神祕的臆測。在一個魚缸裡置入一群雌魚，這群魚會擺盪心機互咬，還是一些成為雄魚交配繁衍？

這些猜想大部分昇華成抗拒。但母親忽略她的掙扎，把女兒放進女校出來就是乖孩子。身邊不會有男生，這樣她就不會交男朋友、讀書不會分心。

女校的生態單純且複雜，她曾在內心鄙視校園那些手牽著手的女孩。厭惡唾棄，那群不讀書的女孩居然愛上女孩。

但假如仔細剝開那一層層的嫌憎外殼，方詠瀅的內心深處躺著一大片嫉妒嚮往。

她愛上一個女人，這正是那片慾望的證明。

她能感受動脈裡隨著鮮血流動的荒謬浮沉。她正在脫軌。讀書至上、不能交男朋友、不能有物慾，那些母親替她貼上的所有標籤，她正無法克制的掙脫撕毀。

原以為那些標籤早讓她失去掙扎的能力。

這次她的模擬考成績在校排百名外。這無疑是對母親最殘酷的凌遲。對方詠瀅無言以對，母親氣急敗壞地離家出走。母親沒有責罵她任何一句，但甩門時的金屬衝撞聲響已經撞碎了方詠瀅的優秀表皮。

她笑著眼淚流了整身濕。

她無法控制情感列車脫軌後會不會從懸崖直落，拉著她的身體一起。眼角吞吐淚水，糊得睜不開眼睛。思緒被沖刷成空白，僅剩唯一還在燃燒的星火。

老師。

「老師，您現在能來做家庭訪問嗎？」

窗簾怎麼拉還是會遺漏縫隙。月光從隙縫悄悄滲漏，斜映在女人的左耳，一併照亮女人模糊不清的半張臉。

方詠瀅伸出微顫的食指，微瞇起右眼，輕觸遠方月光下的朦朧人偶，輕巧把玩，沿著女人晶閃的輪廓從頭到腳描繪一遍。

這次的家庭訪問，女人為方詠瀅開了一堂課。她教她如何在解開內衣扣帶的時候放鬆身子、如何數著節拍喘息、如何沿著身體線條親吻。

方詠瀅在這堂課依然扮演著優秀的學生。

她知道課程有如沼澤，她不是不知道那裡的危險程度足以將她溺斃。但那散發出的神祕沼氣太迷人，她還是不顧社會上的「自然規律」踏進泥沼裡，拉著女人一起。

當她們一踏進去，泥水髒汙爭先恐後爬上那兩雙腳。緊緊綁住，她們正在同時下沉。

方詠瀅甚至不知道在溺斃之前會不會有水怪突地從水裡冒出，在一瞬間將她撕碎吞食。但她顧不了那麼多，她沒辦法想像看不見的未來會發生什麼。

慾望雖然潰堤了但她並沒有交男朋友。

她還是沒有辜負母親的期待吧？

她從女人的額頭一路向下吻，整個路程她都留下粉紅色的腳印。最後停在肚臍下緣，方詠瀅再次注意到女人赤裸的腳。

脫下鞋子的女人會同時卸下社會對「女人」的所有期望。失去了高跟鞋，腳上的遍體鱗傷不容置喙。她終究是追求慾望的存在。

「詠瀅，妳畢業後會去哪裡？」

臥在女人的懷裡，緊摟住她的腰際。方詠瀅發出幼犬般的輕噥，「我媽希望我上台北的大學。但我想出國，我要離開這裡。」

女人沉默，原本擁抱的手漸漸鬆開。

沼澤轉瞬間流動成一片汪洋，數不清的浪花光速般襲來，加快淹沒的速度。

●

「老師，我終於考完了。」

學測結束，方詠瀅還沒離開考場便打電話給女人。

方詠瀅沒有說自己考得好還是不好，她只想讓女人知道自己有多想她。

女人沒有回話，只是輕笑。

一連串興奮的字句最後在女人的沉默裡稍稍噤聲。

好半晌，方詠瀅才又開口，「老師，妳可以跟我一起吃晚餐嗎？」

女人的語氣總算有些歡快。

「下次好嗎？」她的聲音依然柔情似水，卻輕得彷彿隨時會消逝。

「我今天要去高一的班做家庭訪問。」

回家的路上，她再次打給女人。

沒接，又打了好幾次。最後方詠瀅停下腳步，往反方向走，往老師家的方向。

再等一個紅綠燈就能見到那個朝思暮想。但當紅燈轉為綠燈，再轉回紅燈，方詠瀅都沒有再邁出腳步。

她看見一個學妹從老師家的房子走出。

不到三秒，女人穿著居家服走出家門。

留了一個馬路的距離，她們一同站在連月光都照不進的角落。看見女人最後完全被黑暗吞噬，只能用她的氣息辨識她的存在。

薰衣草氣味外型仍然脈絡分明。

於是方詠瀅就這樣被遺棄在路旁。

她當初之所以毫不猶豫進入泥沼，是因為女人的伴隨使她無所畏懼。

但她現在才發覺，原來女人從頭到尾都站在岸邊靜靜看著她緩慢下陷。不顧她的掙扎、忽視她的求救，她轉頭就走，只留下枯萎的薰衣草花瓣。

彷彿是女人將她推進水裡的。

幾年後，就要大學畢業的方詠瀅再次路過那家異國藝品店。

她牽著男友的手，鼓起勇氣：「這裡有一家很有趣的店。」

再次推開記憶的古門，一樣的印度線香在空間中飄浮，她直直走到盡頭，那盞燈還是沒有修好。

當初那座印度女體銅像被擺到更陰暗的角落，屋漏在他們身上留下鏽蝕的水痕。好孤獨，過了那麼多年還是沒人購買，方詠瀅甚至懷疑沒有人發現過角落的它。

方詠瀅蹲下身子拿起雕塑，發現它比想像中還輕，彷彿不是實心的，沿著氧化線條端詳，最後停在其中一個女人的面容上。

女人的臉龐被鏽融至扭曲不堪，方詠瀅起了一身雞皮疙瘩。方詠瀅最終將那只雕塑買下。她不忍心讓它繼續被擺在闇黑的世界。

推開藝品店大門，陽光亮晃晃灑落，方詠瀅的鼻頭不再有沼澤的氣息，她拉著男友的大手，走過女人的花木扶疏的家。

「你知道我的高中的老師還會做家庭訪問嗎？」

「真的假的？」男友眼睛睜得很大：「妳好幸運，遇到這麼好的老師！」

幸運？方詠瀅不知道如何回答，但她知道，還會有許多漫著香氣與水氣的家庭訪問，

仍在這個城市，悄悄地進行著……

# 21 詩教是，「溫柔敦厚」

## 文學是斂起利爪的獵豹

詩人的工作，就是將這些鏡花水月撈起，
爲得不到回應的人們，
拼湊出一個，可以等待的黎明。

「無罪！怎麼可能無罪？」

鐵路警察李承翰於二〇一九年七月，在處理火車逃票案時，遭逃票男子持尖刀刺死。經過三百多個日子的審判後，地方法院以殺人者行為時有精神障礙為由，一審判決無罪。看到新聞的當下，內心洶湧難平。一個父母求神多年才求來的兒子、一個警專第一名畢業的青年表率，一個才二十四歲的年輕生命，就這樣不見了？殺人者怎麼可能無罪？

心中怨氣難消，胸口塊壘難平，我打開電腦，打出第一行字：「這個法官是

×××。」然而文學的教養告訴我：「含蓄是藝術之母。」太直白、情緒性的控訴，無法「以醜為美」。所以我必須學習希臘神話的火神赫菲斯托斯，將焰火藏在精心打造的文字兵器中。

想到再過幾日便是母親節，便以受了傷（精神不死）的李承翰，於疫情時期，重新搭上火車返鄉探母為情節，期待在文字的航程中，偷渡自己對司法判決的不滿。

為了了解判決的原理，上網查了法院審理的過程，原來法官無法自由心證，他必須依照精神科醫師的精神鑑定結果做決定，而醫師又必須服膺過往的專業訓練，專業是不講情理的。惡法亦法，所以他們都是，身不由己。

敲鍵盤的手，開始思考，如同二千年前曾子的提醒：「如得其情，則哀矜而勿喜。」（查明案情並審判罪犯時，應對犯人心存哀憐的態度，不可因查出案情而沾沾自喜）。所以寫著寫著，推罪咎責的氣焰慢慢消退，取而代之的，是對情理缺席的不捨，是對眾人身不由己的憐憫：

等待三百天判決書
不是全新的黎明

那是太深的心事
太深了，像一口井
季風對著大喊　明—鏡—高—懸
每個回聲，都搖晃成破碎的鏡片

寫作就是擁有這般神奇的力量，出發時，是一頭徐行樹間的獵豹，等待鎖定的目標，但一躍撲下時，文字害怕殃及無辜，會自然斂起尖銳的利爪。如同《禮記．經解》中，孔子對詩的解釋：「溫柔敦厚，《詩》教也」。

古人的學校課本《詩經》，作品雖對王室、政治有眾多批評諫諷，但並不作直接、尖銳的揭露，而是讓文字蹲下來，溫柔的蹲到眾生的高度，用敦厚的語言詰問：「唉，事情怎會搞成這個樣子？」

但溫柔不是沒有脾氣，敦厚不是不求一個解釋，孔老夫子仍然要藉詩「興、觀、群、怨」，狂狷的老人仍然不想被愚弄，他提醒：「溫柔敦厚而不愚，則深於詩者也。」一代先師其實是壓抑即將爆發的聲線：「我可以好好講話，但不要愚弄詩人，詩人越深情，會越拚命追求公平與正義！」

雖然世上的公平正義，就像深井的水面，乍看潔如明鏡，但面對人間的詰問，每個回聲，都搖晃成破碎的鏡片。詩人的工作，就是將這些鏡花水月撈起，為得不到回應的人們，拼湊出一個，可以等待的黎明。

## 承翰，小心回家

母親節就坐在前方
你一定正急著趕路
但承翰，請小心回家

世界的瘟疫正在蔓延，即使失溫
要留時間，讓額溫槍瞄準你
記得在車上保持距離
你總是離責任太近
害怕第一個沒有你的母親節

離思念太遠

記得不能在火車上飲食
沒關係，就要到家
回家媽煮好吃的給你

記得公平這一站，過站不停
那裡有塗鴉的軍隊駐守
愛與被愛過境都需要搜身
剛下錯站的信仰
是贖不回人質

等待三百天判決書
不是全新的黎明
那是太深的心事

太深了，像一口井
季風對著大喊　明—鏡—高—懸
每個回聲，都搖晃成破碎的鏡片

沒關係，快到家了
但記得按緊左腹，常換紗布
別讓血流的速度
快過一條回家的路
記得戴著口罩
為你哭啞的月亮，也一直戴著

別怕母親認不得你
你是警專第一名，村里的驕傲
你是神送來的孩子

成神，成灰

媽，都認得你

承翰，媽等你

小心回家

註：一、李承翰父親因一審判決被告無罪，無法忍受判決，心情鬱悶，不幸於宣判三十五日後病逝，未等到案件上訴結果。

二、鐵路警察李承翰被刺死案，二審高分院於二〇二一年三月改判被告十七年徒刑。

# 22 沒有哲學，文字是空的

## 你必須走過「作家三變」

作家的前身是生活家，
而生活家的前身，必須是哲學家……

大多數人都有拍照的經驗，有人拍出來，有故事感、視角獨特，還能看見尋常小物被忽略的美感；但更多人快門一按，出現的卻是雜亂、無感、畫面模糊。

其實行筆為文亦復如此。作家三言兩語，就情真意切；但一般人盈篇累牘，常不知所云。雲泥之差，非關巧技，高下之判，取呼「哲思」與「心鏡」。

一樣的人生百態，一樣的朝暾夕暉，因為心鏡清濁有別，映照出的景設，是完全不同的人生況味。

近日閱讀兩本詩集，分別為詩人達瑞的詩集《困難》，以及台積電文學獎新詩首獎得

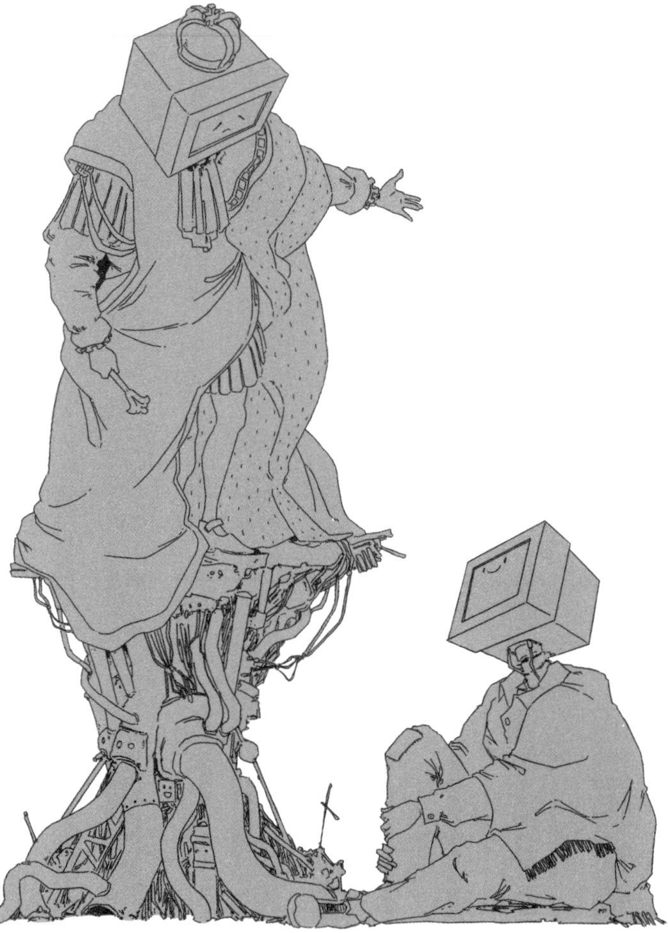

主，正值豆蔻年華的周予寧的第一本詩集《那個字太殘忍我不敢說》。

時間是兩位詩人最關注的主題，而日常的「雨」是他們喜歡使用的「符徵」，卻因為人生啟航的先後，產生不同的「符指」。

我們試讀兩位詩人作品的片段，去理解兩人「心鏡」的差異：

〈石榴〉 ▼達瑞

當你拎著昨日醒來，又將延續共有的語氣：
「記得罐頭」「魚缸要換水了」「午後可能有雨」

〈那麼應該都很美好了〉 ▼達瑞

所有的情緒重新擦拭、歸類
我們候車、徒步、點餐
遇見完美的雨勢

## 〈有的是時間〉

▼周予寧

走過被雨洗過的柏油路
吃一頓飯，分一杯酒
冰塊歸我，酒精歸你
吃不完的炒麵也歸你
用捏著零錢的手
把日子細細算到零頭
再除以二

「午後可能有雨」、「遇見完美的雨勢」是多麼日常的語言，但在「前中年」的詩人筆下，雨指涉了中年之後（午後）所有的無常。而最完美的雨勢，可能是病毒般的死亡之雨。

然而對花信尚遠的周予寧而言，旭日當前，青春有得是時間，所以每一場雨都只是沾身的浪漫，只會洗淨前方的柏油路，可以將大把揮霍的日子細細算到零頭，再除以二，仍是閃閃發亮的時光。

不同的生命哲學，是不同的心鏡，被細細擦拭後，映照不同視角，但各自精采。所有的作家，都有鮮明獨特的生命哲學，那是他們與這個世界的連結。例如屈原報國無門而有詩，東坡因「烏台詩案」而有赤壁二賦。生命可以沉鬱，可以豪放，但不能沒有哲思，對世界不能沒有看法。

學生寫不出文章，其實最大的原因，就是對生命「沒有看法」。他們的心，是一方玉匣未開的銅鏡，未曾與人間萬物和光同塵，更無法映照四時風雲。所以每日排隊、升旗、向右看齊、向左看齊、再以中央伍為準後，才能「稍息」，卻不曾思考：「你說的左，是正義的左嗎？你說的右，是公平的右嗎？而世界的中央伍，是你說了算嗎？」

喜歡思考的達瑞，因為有哲學家的心鏡，可以在日常中見非常，隨時校準理解事物的姿勢，例如他在〈前中年書〉中的思考：

而明天將是另一張合照，
總有人告知：靠近一點
再向右邊一點，可否直視前方
別忘了微笑

明天將是另一張合照？是的，因為，有人「被雨淋濕」，不得不離席。所以，要與愛的人靠近一點；偶爾太左了，要再向右一點，但仍要直視前方（午後的無常），而且，不忘記微笑。這是達瑞「前中年」的哲學之鏡，因為銅質瑩潔，所以能夠光如海天一片水，影照內外兩邊人。

一樣面對無常與死亡，但周予寧的哲思如輕風拂塵，心鏡明亮光潔，可以在不斷跌倒後，青春仍與日月同輝。就像她在〈陪你跌倒〉中的勇敢：

情歌和童話都在說謊
但我可以陪你跌倒，陪你躺好
在你不知道怎麼活下來的日子裡
陪著你先不要死掉，這樣就好

我們羨慕作家一身絕藝，忌妒他們飛花柳葉皆可「傷」人。卻忘了他們真正的武器，是他們對生活的深沉哲思，那是他們可與天地同感的心鏡，讓他們攬鏡自傷後，再化為美麗的文字，道出眾生的情傷與感傷。

文字來自生活，作家的前身是生活家，而生活家的前身，必須是哲學家。這是所有寫作者必經的「作家三變」。

期待有志於文字書寫的朋友們，不要把一天活成一個「罐頭」，偶爾要「替魚缸換水」，要替「所有的情緒重新擦拭、歸類」。然後有一天，當你「候車、徒步、點餐」時，你突然發覺，真正的寫作，並不是「人來尋字」，而是「字來會人」。這時候，恭喜你，你可以在離開明天的合照前，與文字靠近一點，而且永遠直視前方，不忘記微笑。

# 23 落葉是有瑕疵的骰子

## 詩人嚴忠政的「異質並列」與「凹洞理論」

藝術作品必須提供一個基本的結構，
這些基本結構的內部存在眾多的空隙。
每個不同的讀者都可以用自身的生命經驗去填補。

槍與玫瑰，公主與狩獵者，寂寞與盆栽，枯藤、老樹與昏鴉。

這些語詞被巧妙安排在一起，在句子中「比肩並置」，其中有樂團名稱、電影片名，也有古典詩詞。然而這並不是常見的對比、虛實或是類比手法，但讀起來卻饒有韻味。厲害的作者偶示此技，便燦若火樹銀花，但凡人想依樣畫葫蘆，常苦無章法。

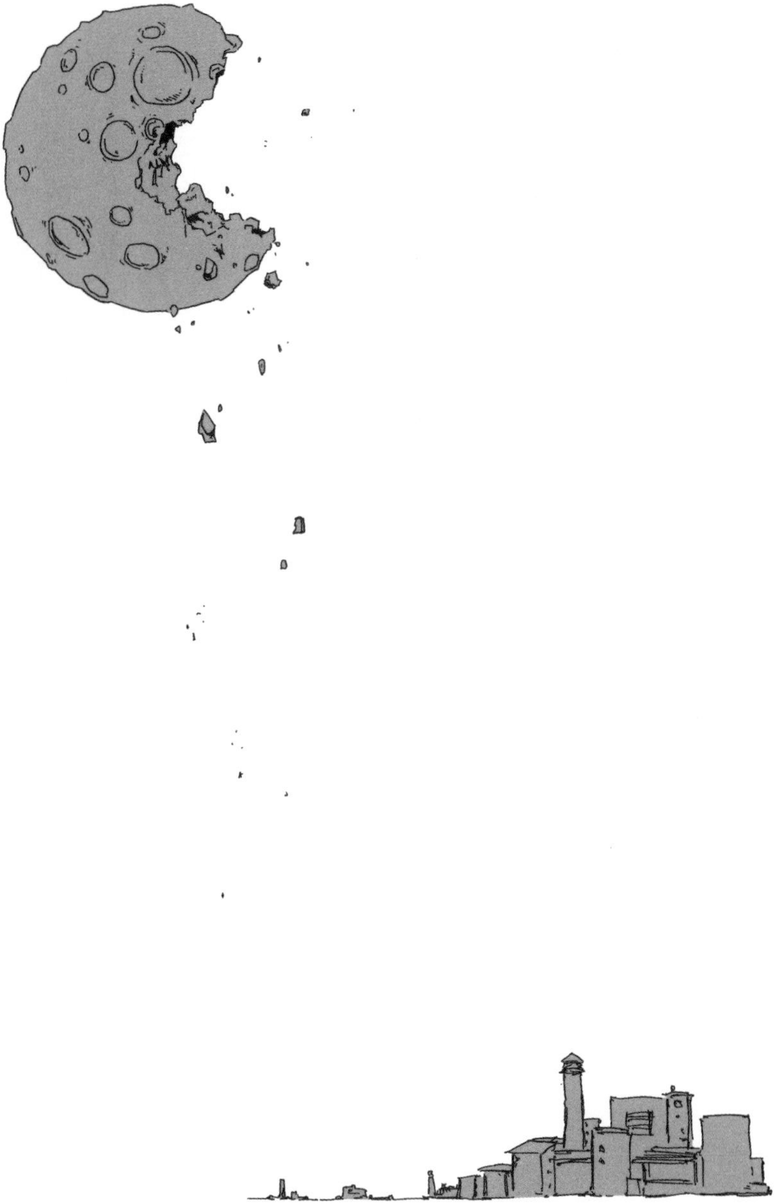

## 異質斷裂，才能產生美學空間

在文學理論中，此法難以名之。熟悉箇中巧妙的詩人嚴忠政，在本世紀初提出「異質並列」與「凹洞理論」來詮釋這類寫作法。其中，「凹洞理論」的理論原型是取經於「接受美學」創始人之一的沃爾夫岡・伊瑟爾（Wolfgang Iser），特別是「召喚結構」理論。此「結構」是構成召喚讀者重建斷裂狀態與美學空間的條件，也是嚴忠政所謂的「凹洞」的埋設位置——詩中的「意義不確定性」和「意義空白」。

換句話說，藝術作品必須提供一個基本的結構，這些基本結構的內部存在眾多的空隙。閱讀嚴忠政作品的樂趣之一就是，發現種種隱祕的連繫，從而填補這些空隙。這些連繫可能是形象之間的、情節之間的、人物之間的，甚至不同的敘事範圍之間的，如此等等，乍看之下是一組跳躍跨度很大的意象群，讀者無法一次跨越（或填補），但其實，每個不同的讀者都可以用自身的生命經驗去填補。

## 「不確定性」誘發主動性閱讀

這些「經驗」將會在詩中不斷磨合，又同時創發新的動能。在反覆求索的過程中，某一個層次上的填充可能又在另一個層次上遭到否決；這時，一個新的連繫將在不同的基礎之上建立起來。這個過程會不斷地摧毀讀者既有的閱讀習慣，形成新的感知模式——讀者因為「不確定性」而誘發的主動性，導致了生氣勃勃的閱讀過程。

而「異質並列」就適巧成為一種凹洞，因為在同一個詩句中，「比肩並置」兩個本來完全無關的語詞（特別是兩個完全不同質性的名詞），讓人從中找到某種連繫性，這樣一來，凹洞裡面的敘事空間也就加大了，同時也會有著獨特的文字審美經驗。尤其，兩個語詞的距離越大（空間越大），能填補的空間越多，能演繹、展示的美學空間就越大。

## 好的藝術大多是「不穩定結構」

在第十九篇文章提到夏宇的詩〈擁抱〉，就很適合用「異質並列」與「凹洞理論」來詮釋。例如詩的前三句「風是黑暗」、「門縫是睡」、「冷淡和懂是雨」，都是慣性思考時，風馬牛不相及的詞彙，但是在詩人的「異質並列」後，產生爆炸性的美感凹洞，每個讀者填補美學空隙時，腦中會出現「一中各表」的畫面，而這就是所有藝術想要追求的效果——「美的不穩定性」。

讀者若尚不能理解，試著看看達利和畢卡索的超現實畫，都是「異質並列」後產生的曠世巨作。你看〈記憶的堅持〉裡「掛在樹上的軟鐘」、〈格爾尼卡〉中「死去的馬、著火的房子、尖叫的女人、公牛」，都不追求單一、固定的理解。

是的，好的藝術大部分是「不穩定結構」。

如果大家仍有疑惑，再舉一個才氣十足的樂團「告五人」為例，試看他們「異質」到不行的歌詞：

〈**愛人錯過**〉／作詞：潘雲安

相撞在街口　相撞在街口
你媽沒有告訴你
撞到人要說對不起
本來今天好好的
愛人就錯過
愛人就錯過
我肯定在幾百年前就說過愛你
只是你忘了　我也沒記起

把俚俗口語的「你媽沒有告訴你」跟深情極致的「我肯定在幾百年前就說過愛你」並置一塊，實在太「炸」了！這首歌骨子裡明明就是「七世夫妻」或「向左走 向右走」的靈魂，但是現代不時興肉麻俗濫，如果歌詞中只有「我肯定在幾百年前就說過愛你」，那就芭樂到不行。反而是跟情愛無涉的「你媽沒有告訴你／撞到人要說對不起」，因為重新定義了「撞」這個字，札札實實救了這首歌。再看另一首：

**〈你要不要吃哈密瓜〉**

看你一臉　你一臉高尚
我問你　我問你　要不要吃哈密瓜

這句「要不要吃哈密瓜」，乍看像是天外飛來一筆，但如果換掉，改為作者的原意——「你好假掰喔！」、「你有事嗎？」或是「你為何要不懂裝懂？」，大家會不會覺得失去了文學的含蓄之美。

看不懂「告五人」巧思的人，只會覺得這是惡搞，看得出門道的人，才知道他們是詞曲已臻於化境。

現在邀請大家欣賞大師的作品，看看詩人嚴忠政如何將「異質並列」推到另一個化境。首先，我們來看看詩人在《廣告氣象學》中的作品：

〈**尺**〉

我不測量隕石，我測量一個謎底的面積，
從長寬高開始，校對孤寂。

「隕石與謎底」一實一虛，兩者之間的距離好遠，但在詩人的巧手並置下，竟然都可以被尺所測量。最後「謎底」揭曉——真的厲害的尺，是詩人的句讀，可以校閱眾生的孤寂。再讀另兩首：

〈**單車**〉

你不用討好誰
找適合自己的水草
這就是遊牧主張

最好的去處
往往是到了才知道

接著是詩人為自己虛擬的品牌「小事餅乾」而寫的形象廣告：

〈**小事餅乾**〉
這世界有一種東西，它很乾脆，是我們不夠乾脆。
生物覓食的方法將決定，誰最幸福。
除了你
其他都是小事
所有童話故事
都可以從這裡開始

單車與水草，餅乾與小事，並列之後，我們連結到了遊牧與童話，還會想到出發的美好，與乾脆的幸福。

詩人另有高妙的《金庸系列》，將「武俠語彙」與「現代情愛」並置，創造了一個幽微的虛擬實境。感謝詩人授權兩首，分享如下：

〈**黑玉斷續膏**〉

在樹林這一幕
紋風和倦意被風鈴所破
夢中的鬼也突然俐落
那些不一致的
這天又起了作用
雖然溫柔顯弱
弱就要弱到無法自拔

你撿到秋風。我懂
落葉是有瑕疵的骰子
後來都輸給小雨點

像回不去的操場外圍
你更懂
她才是時間的骨節
時間斷了二截
她是潘儀君或楊不悔
她是殷六俠的藥
給俠骨的
破碎和癒合

〈**楊過**〉
如果月光將夢打回原形
我們要猶豫，還是加速離開
人在不經意的時候
不知道愛是一封很長的遺書

幾次的死亡都想回到原地
靜默，然後放聲
很暴力的，穿越自己的呼吸
和鑄鐵的肉體

可能還有更多或者認識
活像一些尷尬的事
尷尬的父親有一張政治的臉
尷尬的姑姑讓世界小聲了一點
尷尬的郭芙終於有了存在感
而古墓很萌的行為
前去尋仇的句子冷不防
都要被鞦韆所傷。如果盪過去
就可以活著離開這個世界
沒有愛恨情仇，沒有風速

江湖只有二個不動的影子
和一群平凡的蜜蜂
在我們故事有結果之前採蜜
或者我的詩
就是絕情谷底

## 每首詩都是一個絕情谷，都住著一個楊過

倦意被風鈴所破？落葉是有瑕疵的骰子？尋仇的句子被鞦韆所傷？

詩人的「異質並列」，在我們故事有結果之前採蜜，讓我們今日的情愛可以再武俠一點，再金庸一次。事實上，所有以作文為創作起點的讀者，不要受限於升學考試。你可以更勇敢一點，像「告五人」一樣，在時間的鼓節上，留下不朽的節拍，也向世界宣告：作品才是唯一的江湖。

最後，更希望大家開始買詩讀詩，不要怕讀不懂，不要怕深陷想像的凹洞。每首詩都是一個絕情谷，裡面都住著一個楊過，會與你一起練功，一起療癒情深，最後與你一起爬出來，「並列」為舞文弄字的，蓋世英雄！

PART 3

# 文字運用

## 24

# 從人性找到下標法

## 讓讀者一直想往下讀的「五種」下標法

五大「吸睛」下標法：主虛副實法、具體訊息法、對比張力法、集點下標法、重點隱藏法。

下標可能是我們日常最需要的文字素養，從參賽、提案、刊物編製到自傳書寫，都需要吸睛的標題。帶了二十多年的校刊，發覺學生非常缺乏這一塊的訓練，茲整理五大方法，供大家參考：

### 一、主虛副實法——虛詞當主標，實詞當副標

文學是隱藏的藝術，所以文學性的下標法，會用虛詞當主標，實詞當副標。例如：

故事：××中學畢業紀念冊。
記得你是誰：哈佛的最後一堂課
華麗的告解　廚師、大盜、總統和他們的情人：董成瑜第一本專訪自選集
引路：張淑芬與台積電用智慧行善的公益足跡

## 二、具體訊息法

專欄文章、學習歷程與自傳書寫，都需要好的小標，小標不僅有收斂重點的目的，也要有引發閱讀興趣的功能，因此，具體的訊息量一定比模糊的文字更吸引人。我們試著比較下列的小標：

一路走來崎嶇路／曾有輕生的念頭（聳動訊息）
英文實力驚人／多益取得九百四十五高分（量化訊息）
擔任社長學習多／募款度過倒社危機（具體訊息）

相信讀者看得出來，下方的小標更具體、也更有細節，也因此更有效傳遞訊息。

## 三、對比張力法

人類天性愛聽故事，而故事的核心是戲劇張力，若對比兩點距離越遠，則產生的張力越大，例如：

街頭混混蛻變爲大學教授

最不起眼，卻防癌功效最強的蔬菜

吃得少反而容易變胖

## 四、「集點」下標法

人類的進化史，走過「採集」的年代，因此「集點」的天性已深植在我們的DNA中，例如：

最不起眼，卻防癌功效最強的「五種」蔬菜

吃太少也會害你一直胖！改掉五個錯誤觀念

有沒有發現，加上量化，更吸引人了！

## 五、重點隱藏法

好奇是天性，跟自己相關的好奇，最能引發閱讀。所以，若在標題先不破梗，讀者必須往下讀才能解謎，一定可以增加點閱率，例如：

想要一週瘦三公斤，吃「這個」就對了

「這三個」星座，最會存錢

最後要提醒讀者，標題就像是包裝紙，如果消費者打開後大失所望，以後就不會再上門了。所以千萬不要玩物喪志，濫用這些方法包裝空洞不實的內容，否則一天到晚「標題殺人」，最後飲鴆止渴，殺掉的，會是自己的品牌。

# 25 廣告金句十二法

## 金句ABCD：「吸睛」（Attractive）、「簡短」（Brief）、「琅琅上口」（Catchy）、「接地氣」（Down-to-earth）

廣告金句，都是創意拆解產品後，
挑出最動人的細節發想。

〈**不小心**〉詞／蔡淇華　曲／忘年知音

時間不小心
我與你有了不同的表情
黑夜不小心
心裡有話　沒人能聽

所以我拿起彩虹的筆
畫出花開的聲音

蠟筆不小心
點出燦爛的流星
水彩不小心
留住天使的眼睛
當你牽起我的手
前方有了天地遼闊的風景

在畫話的世界
我有一顆不小的心
你是碧海　你是藍天
你也有一顆不小的心

在畫話的時刻
我有一顆擁抱全世界的心
你是春風　你是白雲
謝謝你擁抱我　世上最溫暖的心

這是幫「台灣畫話協會」募款餐會寫的歌，用的是「歧義法」。協會裡的學員，因為造物者一時的「不小心」，他們成為中重度身體障礙者，外表與我們有了不同的表情。但是「不小心」也有另一個讀法，那就是「不小的心」。協會裡的創辦人、學員與資助者，都有一顆不小的心。

本身也是重度身障的蔡啟海老師，在二〇一一年創辦「畫話協會」時，立下宏願，他希望為台灣設立一個固定的藝術育療場所，讓學員放心創作、親近藝術的無障礙空間，也可讓台灣的特教師生在此學習藝術育療。

五年前蔡老師向我提起這個「不小」的夢時，只有一百多萬捐款，離目標一千五百萬元，尚有一大段距離。因此我幫協會寫了一篇文登在《聯合報》，一週後協會收到一張五十萬的支票，支票旁只留下寥寥數語：「我看到了淇華老師的文。」那一刻，讓我更相信文字的力量，也決定重拾年輕時的文案大夢，繼續用文案服務更多需要的人們。也因此，這幾年不斷學習與操作，整理十二種「廣告下標法」如下：

## 一、歧義法

許多語詞多義雙關，在「誤讀」時歧生他義，可能橫生妙趣，也可能讓消費者會心一笑，產生品牌好感。例如「龍鳳用點心」的「用點心」，會讓消費者想到龍鳳食品對「點心」產品的「用心」；「好險，有南山！」更是簡潔有力，「好險」的雙關語，道盡品牌價值。

另以喬山Johnson深柔椅的「你的疼，我來疼」為例，第一個「疼」是痛，第二個「疼」是愛，兩個「疼」都出於日常，但合起來就「成於非常」；而EMMA1997美白身體勻嫩霜的「別再蒙受不白之冤」更是一絕，把法律上的「不白之冤」，連結到皮膚的「不白之冤」，與產品的功能性完美契合，是大師級的廣告標語。

## 二、諧音法

「諧音法」的特色是「同音異字」，是現今廣告金句的最大宗，也是初學者就能玩出好作品的方法，然而最好的作品標準，還是要看有沒有「扣住產品核心」。例如：

我做最好，你坐最好（稻田按摩椅）

旅遊這條路上，最怕沒人賠（和泰產險）

桂格，總是給你愛的穀粒（桂格堅果飲）

不丹的美好，不單只是美好（東南旅遊）

這些標語都符合金句ABCD：「吸睛」（Attractive）、「簡短」（Brief）、「琅琅上口」（Catchy）與「接地氣」（Down-to-earth）四點，不僅接上消費者的語境與語感，而且扣住產品核心價值。

## 三、中英文諧音法

中英文的「同音」或「近音」亦可玩「諧音法」。例如家樂福中元節促銷的「一年一

Do，平安普渡」與台灣行動支付的「台灣 Pay，跟台灣人最 Pay」，是中英文同音。統一 UNI Water 純水的「You Need Water? UNI Water」與統一 AB 優酪乳的「AB BODY 動起來！」（everybody），是英文的「近音」。

「中英文諧音法」用得最淋漓盡致的，應該是阿瘦皮鞋的「You A.S.O Beautiful」，A．S．O 剛好是阿瘦的集團名稱，廣告創意利用 are so 的諧音，連結到雋永老歌「You Are So Beautiful」，巧妙至極，難怪入選年度金句。

## 四、成語法

利用成語與慣用語的諧音聯想金句，最容易上手，也最容易產生記憶點。例如普拿疼止痛加強錠的「痛錠撕痛」，讓消費者看到產品的「撕痛」核心；火鍋店取名「辣比小辛」，會讓人瞬間想到耳熟能詳的「蠟筆小新」，都是超棒的廣告創意。

在二〇二一年的「鮭魚之亂」中，成語法被台灣人用得淋漓盡致，全民一起用創意惡搞 Kuso：例如「同鮭於盡」、「視死如鮭」、「大家鮭秀」、「敗興而鮭」、「眾望所鮭」、「認祖鮭宗」、「殊途同鮭」……等。

我們只要找到一個「對應的諧音」，然後搜尋腦海中的慣用語，便能短時間創造大量的金句或店招。例如「法」與「髮」同音，就能連結出「吾髮吾天」、「無髮拒絕」、「髮務部」、「立髮院」等，與理容相關的店招名稱。

然而使用此法，記得一定要達到「有意思」與「行銷力」等兩個標準。例如學生將「默默無聞」改為「默默無文」或「墨墨無聞」，雖有諧音，卻是負面意思。若改為「默默無蚊」，則是很好的「捕蚊燈」或「防蚊噴液」品牌。

在高一多元選修課程，請同學分組腦力激盪，大家都成了文案大師，而且一個成語可以有不只一個創意。例如「川流不息」可以化為「穿流不息」（服飾店）或「川流不熄」（修車場）；「引以為榮」可以變成「飲以為榮」（飲料店）或「引以為絨」（羽絨衣）；「喜出望外」可以變出「洗出望外」（洗衣店）或「喜出忘外」（失智照護）；還有「盡如人意」能轉化為「淨如人意」（洗衣產品）與「盡如仁薏」（甜品店）。

很推薦這堂「成語諧音文案課」，學生不僅容易上手，而且積極投入課堂。最重要的，因為有成就感，學生對創作更感興趣了。

以下提供十五個成語，供大家練習，想一想，你可以連結到什麼產品呢？

1. 口是心非

2. 無惡不作
3. 久負盛名
4. 天長地久
5. 飽食終日
6. 一鳴驚人
7. 別具一格
8. 古往今來
9. 別無所求
10. 十全十美
11. 無微不至
12. 一往情深
13. 明察暗訪
14. 魚肉鄉民
15. 蓋世無雙

## 五、對比法

在世紀疫情時節，我寫了一首詩〈時中〉，詩中有三句使用「對比法」，讀來亦似廣告標語：

不握手，是爲了不放手。
離開你，是爲了接近你。
愛不需要隔離，恨需要。

對比產生戲劇張力，戲劇張力產生故事力，而故事力則可產生品牌黏著力與行動力！試看台灣近幾年帶起行動力的廣告金句，一樣是使用對比法：

有你，就沒有偏鄉（富邦人壽保險股份有限公司）
你忘記的，我幫你記得（3M便利貼）
不要總是58度，偶爾來點85度！（85度C咖啡）
我們始終不滿意，才能讓您一直滿意（104人力銀行）

要做什麼之前，先不做什麼（可樂有限公司／原萃）

在食品添加了太多化學添加物，讓人憂心忡忡的現代，「原萃」的「不做什麼」，呼應「生活減法」的「時代性」，很容易擊中現代人的需求——「不做什麼」的良心減法，反而是健康的加法。

## 六、矛盾語法

矛盾語的要訣是「打破慣性」，「慣性」是注意力的殺手，「反慣性」是創意的捷徑。例如我們常說「便宜無好貨」，但全聯福利中心告訴你「便宜一樣有好貨」，因為便宜正是全聯的品牌核心。美國人教小孩要 Think big（勇於作夢），但台灣福斯汽車反其道而行，提出「Think small」，要你反慣性的思考——有沒有可能，小車比大車空間還大？所以「福斯 T-Cross 小型休旅車」的標語是「何必長大」，這又連結得更多，好像上帝講的：「你們如果不回轉，變得像小孩子一樣，絕不能進入天國。」

以下是使用「矛盾語法」的品牌廣告，你猜，廣告天才們下的是哪個標呢？

1. 敢＿＿＿，就是我的本事（黑松沙士）Ⓐ聰明 Ⓑ傻

2. VOLVO＿＿＿我的菜，但我愛（VOLVO S60）Ⓐ不是 Ⓑ是

3. 未來，就是＿＿＿（安泰人壽）Ⓐ現在 Ⓑ未來

4. ＿＿＿，也能靜一靜（SONY無限藍芽降噪耳機）Ⓐ一個人 Ⓑ不用一個人

5. ＿＿＿，是你對生活的堅持！（UCC無糖黑咖啡）Ⓐ苦 Ⓑ香甜

6. ＿＿＿，更有魅力（台新銀行 玫瑰卡）Ⓐ沒刺 Ⓑ有刺

7. 世界越快，心則＿＿＿（中華電信 4G）Ⓐ快 Ⓑ慢

## 七、字尾／字中押韻法

詩詞的押韻，不會用同字，但廣告標語這樣用，反而有力，例如：

不放手，直到夢想到手（黑松沙士）

今天下單，明天脫單（蝦皮脫單情人節）

人要衣裝，櫃要夠裝（IKEA PAX 系統衣櫃）

不爲五斗米折腰，讓全聯爲你撐腰（全聯品牌形象）

當然，不同字的押韻，發揮的空間更大，例如：

你的雞婆，他的新生活（家庭暴力暨性侵害防治中心／113保護專線）

宅在家裡，也有好料理（桂冠系列微波食品）

與其怕花錢，不如逛全聯（全聯福利中心）

一絲不掛，只給凱撒（凱撒衛浴）

除了中文的押韻，英文也可以押韻喔，例如：

Tomato，給妳Tomorrow!（可果美番茄醬）

字中押韻較罕見，但如同以下金句，用得好，一樣效果十足：

先誠實，再成交（永慶房屋品牌主張）

存好心，備好料（全聯福利中心）

## 八、虛實互換法

社團法人台灣失智症協會的廣告標語「記憶迷了路，用愛找回來」，是非常棒的「虛實互換法」。原來「外在真實」是人迷了路，但「內在真實」卻是「人的記憶」迷路，有「愛」的人，才會去找回迷路的親人。所以「虛」的「記憶」與「愛」，反而更能指涉「更深的真實」。

瑪莎拉蒂跑車的廣告「Drive your desire」，用「虛詞」慾望 desire 取代真實的 car，表明 Maserati 可以滿足的，是世人擁有精品的慾望。絕對不僅僅是車子的交通功能。

## 九、複沓法

複沓又叫複唱，指句子和句子之間可以更換少數的詞語，有突出思想、加強節奏和提醒讀者的功用。例如電影《後來的我們》中，就有許多使用複沓法的名句：

後來的我們什麼都有了，卻沒有了我們。

我最大的遺憾，就是你的遺憾與我有關。
我已經努力變成你想要的樣子了。可我已經不是原來的樣子了。
悲哀的是，我沒有權力悲哀，我最大的悲哀，就是沒有權力爲你做任何事情。

廣告標語使用此法，效果一樣突出喔，例如：

多喝水沒事，沒事多喝水（味丹多喝水礦泉水）
再見好好說，好好說再見（龍巖生前契約）
女孩的青春有限，青春的女孩無限（我的美麗日記）

**十、品牌名稱嵌入法**

許多廣告標語紅了，但我們卻忘了賣的是什麼產品，所以將品牌名稱嵌入句中，是讓消費者永誌不忘的好方法，例如：

一家烤肉萬家香（萬家香烤肉醬）

越是簡單，悅氏不簡單（悅氏礦泉水）

花在刀口 省在街口（台新銀行街口聯名卡）

櫻花開了，熱水就來了！（櫻花熱水器）

人沒來，至少也要喜年來（喜年來蛋捲禮盒）

用大金，省大金（大金變頻空調）

## 十一、分詞法

將慣性的語詞一分為二，產生斷與連的趣味性與歧義性，是近年少見的創意新法：

敢做，愛就來。（蝦皮脫單情人節）

不乾，我的事。（花仙子 克潮靈除濕劑）

## 十二、細節拆解法——less is more

記得以前在廣告公司擔任廣告文案時，業者總會提供大量的產品資訊，然而前輩總是提醒我，不要太貪心，一個廣告將一個特點發揮到極致即可，講得太雜，會產生三大缺失：消費者分心，失去記憶點，設計師難收斂視覺。

例如一次要為HP條碼掃描器下標，HP的工程師給我的產品介紹有動態模糊糾正技術、即插即用、不需安裝軟體、識讀高效、高解析、使用壽命長……等。與其他廠牌比較後，發覺「使用壽命長」是HP的優勢，以此發想，我寫下「讀你千遍也不厭倦」的廣告標語。這原是蔡琴〈讀你〉的歌詞，卻很貼切產品「讀取」與「耐用」的特性。

以年度廣告金句「Zespri吃下去，褲子掉下去」為例，網路上Zespri奇異果標註的優點，有纖維幫助消化、改善整體腸道功能、增強免疫系統、抗氧化劑減少罹癌機率、緊緻肌膚、葉黃素保護眼睛、維生素K促進骨骼健康、生物活性物質幫助控制血壓、降低三酸甘油脂改善心臟的健康、改善呼吸系統健康、阻斷「亞硝酸銨」預防食道癌、胃癌、肝癌、直腸癌、增加脂肪燃燒將近三十%……等。

請問，如果你是廣告文案，看到這洋洋灑灑的內容，你要如何發想呢？再提醒一次，你只能「單點發揮」，挑到一點後，再做創意連結，廣告創意是less is more。所以這個文案只挑最後「增加脂肪燃燒」一點，然後用押韻法，以及動感趣味的語言，讓消費者看第一眼時，不僅會心一笑，而且馬上catch到廣告的訊息——「越吃，越瘦」。

以下的廣告金句，都是創意拆解產品後「單點發揮」：

沒有人魚線，也要顧好你的攝護腺（愛之味番茄汁）
套好，還是被套牢？（杜蕾斯保險套）
腋下美白止汗，是女神就舉手（NIVEA 妮維雅腋下止汗美白植萃系列）
多想碰到你（慧邦科技 神來也麻將）
留住水果的第一口芬芳（一芳水果茶）

## 對岸廣告語言漸漸與台灣接近

曾在上完文案課後，學員發問：「如果我到對岸工作，以上這些方法是否也適用？」
事實上，一樣華語文化，兩岸消費者習慣的廣告語言，至今仍有南橘北枳之別。對岸的廣告比較直白，例如雀巢咖啡的廣告標語，對岸如是下標：

雀巢咖啡——味道好極了
來杯，雀巢咖啡

但一樣是雀巢咖啡，台灣的廣告詞是：

再忙，也要和你喝杯咖啡

台灣的廣告就比較「文青」、比較「感覺派」，會貼近消費者的生活，會洞察「時代共感」，從庶民幽微的小情感出發。再比較西方的雀巢咖啡廣告：

For the moment that matters（致在乎的時刻）

會發覺比較接近台灣的廣告語境，會繞個彎，用B講A，用虛講實，用虛的「感覺」帶出實的「味覺」。我們可再比較兩岸電影片名翻譯，會更了解「直白」與「繞彎」的區別：

| 台灣翻譯 | 英文片名 | 大陸翻譯 |
|---|---|---|
| 魔戒 | The Lord of the Rings | 指環王 |
| 大智若魚 | Big Fish | 大魚 |

| | | |
|---|---|---|
| 007 誰與爭鋒 | Die Another Day | 007 之擇日而亡 |
| 神鬼交鋒 | Catch Me If You Can | 我知道你是誰<br>貓鼠遊戲 |
| 明天過後 | The Day After Tomorrow | 後天 |

網路上有許多文章，嘲笑對岸廣告的內容沒文化；也有許多廣告大佬，痛批台灣新生代的廣告太文案思考（Copy Base），太「小清新」，創意不及對岸的「大氣」與「霸氣」。個人覺得，今日讀到這兩種評論，都可一笑置之，因為思潮正在變化中。

廣告需從文學汲取養分，但廣告到底不是文學。文學創作者可以不求讀者的理解，但是廣告一定要取得TA（Target Audience目標受眾）的連結，一定需受到市場的檢驗。不同的時空，有不同的「地氣」，「接地氣」是所有廣告與行銷人員必須「落實」的「現實」。

然而，人隨風走，語言氛圍也是會轉變的，例如下列的金句，大家看完後，猜一猜，是台灣，還是對岸的廣告？

1. 別把酒留在杯裡，別把話放在心裡

2. 將所有一言難盡，一飲而盡
3. 多少崎嶇，一一走過
4. 懂你說的，懂你沒說的

答案揭曉，都是對岸這幾年的新廣告，這些都是「感覺派」的「以心印心」。前兩句是用酒「交心」；第三句是飛利浦電熨斗陪你「走心」；末句則是別克汽車「我懂你」的「知心」訴求。簡言之，中產階級的崛起，人口的都市化，都會影響生活的質素。也因此，對岸的廣告語言漸漸與台灣接近，從直白的宣傳喊話，走向心靈的暖心慰藉。

## 學寫文案吧！如果你有一顆不小的心

不小的心，才能成就大夢。走過十年顛簸，「畫話協會」終於募齊一千七百萬資金，台灣第一座藝術育療中心也即將於二〇二一年底落成。

這幾年我也帶一批喜歡設計的學生，設計T恤義賣，為「畫話協會」募款。我們T恤上印製的金句：「惠笑的我們，青春正好」，就是利用「諧音法」（會笑）與「品牌名稱嵌入法」（「惠」字來自校名「惠文高中」）。因為slogan取得好，T恤賣了一千多件。

事實上，這是每個人都需要學習廣告下標的時代。不管是學習歷程、比賽提案、職場工作或是慈善募款，都需要一個閃亮金句，引導受眾注意我們，甚至接受我們的訴求。

如果你也有一顆不小的心，請熟讀廣告金句十二法，相信日後，內化心法，一身本領，可以行俠利己，亦能仗義助人喔！

※**練習題：猜一猜，下列廣告是使用哪一種金句法**？（**可能融合多種方法**）

1. 男人無鬚煩惱（寶僑P&G／吉列鋒隱無感系列刮鬍刀）
2. 鹼去你生活的酸（統一PH 9.0鹼性離子水）
3. 你的正腸生活（統一AB優酪乳）
4. 不放手，直到夢想到手（黑松沙士）
5. 打給自己人，何需見外（亞太電信全國壹大網）
6. 年輕人不怕菜，就怕不吃菜（波蜜果菜汁）
7. 有點蝦，有點聰明（蝦皮購物聯名卡）
8. 紙有春風最溫柔（春風衛生紙）
9. 愛誰無妨，愛在禮坊（禮坊喜餅）

10. 有我在，好自在（寶僑 好自在液體衛生棉）
11. 樂此不疲，就要台啤（金牌台灣啤酒）
12. 有了你，我不再拈花惹草（東林電子除草機）
13. 給世界一腳（NISSAN KICKS）
14. 不為五斗米折腰，讓全聯為你撐腰（全聯福利中心）

**解答：**

**1. 男人無鬚煩惱（諧音法、細節拆解法）**
**2. 鹼去你生活的酸（諧音法、對比法、細節拆解法）**
**3. 你的正腸生活（諧音法、細節拆解法）**
**4. 不放手，直到夢想到手（押韻法）**
**5. 打給自己人，何需見外（對比法、細節拆解法）**
**6. 年輕人不怕菜，就怕不吃菜（對比法、押韻法）**
**7. 有點蝦，有點聰明（對比法、品牌名稱嵌入法）**
**8. 紙有春風最溫柔（諧音法、品牌名稱嵌入法）**

9. 愛誰無妨，愛在禮坊（押韻法）

10. 有我在，好自在（押韻法、品牌名稱嵌入法）

11. 樂此不疲，就要台啤（押韻法、品牌名稱嵌入法）

12. 有了你，我不再拈花惹草（歧義法、細節拆解法）

13. 給世界一腳（品牌名稱嵌入法，KICK為「踢」之意）

14. 不為五斗米折腰，讓全聯為你撐腰（押韻法、品牌名稱嵌入法）

※四、成語法解答：

1. 口是心非 → 口是心啡（咖啡）

2. 無惡不作 → 無餓不坐（餐飲業）

3. 久負盛名 → 酒負勝名（洋酒店）

4. 天長地久 → 天藏地酒（洋酒店）

5. 飽食終日 → 堡食終日（漢堡店）

6. 一鳴驚人 → 一明驚人（燈具店）一茗驚人（飲食店）

7. 別具一格 → 別具一革（皮革店）

8. 古往今來 ↓ 古往金來、股往金來（號子）

9. 別無所求 ↓ 別無鎖求（鎖店）

10. 十全十美 ↓ 食全食美（飲食店）

11. 無微不至 ↓ 無胃不治（胃藥）

12. 一往情深 ↓ 一網情深（網咖 5G 上網）

13. 明察暗訪 ↓ 茗茶案坊（茶飲店）

14. 魚肉鄉民 ↓ 魚肉香民（小吃店）

15. 蓋世無雙 ↓ 鈣世無雙（鈣片、高鈣飲料）蓋世無霜（電冰箱）

※六、矛盾語法解答：

1. B 傻　2. A 不是　3. A 現在　4. B 不用一個人

5. A 苦　6. B 有刺　7. B 慢

# 26 從經營FB到出書

## 你需要知道的十四件事

讓發表的習慣，帶動你一生逸趣橫生的學習，讓你生命中的每一天，都因文字創造的價值，活得有光有熱、有滋有味。

網路的出現，徹底改變了出版生態。一方面越來越多人只依賴3C閱讀，不買書了，造成出版市場腰折；另一方面，卻是正面的影響——任何素人都可以靠經營自媒體，靠文字個體崛起。我自己就是最大的受益者。

在台灣平均一天一千萬人上臉書，躍居全球使用率之冠的二〇一三年，我因臉書發表的文章被出版社看見，在當年出了第一本書，至今保持每年一本書的出版，也開始輔導學生在臉書發表、出書及開設專欄。

在二〇二〇年，台灣仍有八百九十萬男性、九百萬女性使用臉書；而Instagram的男女使用人數，則分別為三百三十萬與三百八十萬。兩個媒體的使用者年齡都是二十至二十九歲最多，三十至三十九歲次之。八年過去了，臉書仍然是文字書寫者想出書的最佳途徑。

本文擬綜合這幾年自己經營臉書的經驗，提供十四個重點，給想從經營臉書完成出書夢想的朋友參考：

## 一、第一句最重要

在手指滑動、眼球也滑動的時代，任何PO文只要第一句無法吸引目光，就不可能引起關注，所以任何文章或是生活分享，都必須設計出吸睛的第一句。最好的選項，當然是文裡最有料的佳句，如果找不出，可以在網路上輸入關鍵字，搜尋名言佳句。

例如自己生病了，或者遇到大困難，可以輸入關鍵字「克服困難的名言」，就會跑出幾百個好句子，例如阿德勒說：「重要的不是治癒，而是帶著病痛活下去」。如果想PO美食照，輸入「美食格言」，馬上會跳出《魔戒》作者托爾金的名句：

這世界如果有更多的人熱愛美食與詩歌勝過愛黃金，

這世界會是一個更美好的地方。

在大家只PO「食物遺照」的年代，如果能多加上簡潔有力的名言，閱聽人會更願意從A（attention注意）走到A（action行動），動動手指，花費寶貴的時間閱讀你的PO文。

## 二、下筆前要思考，自己的受眾（TA）是誰？

自媒體經營，最害怕的是曲高和寡。再好的內容，若是沒人買單，也只能錦衣夜行，孤芳自賞。所以下筆前要思考，自己的受眾（TA）是誰？

每個人最關心的人是「自己」，會先閱讀與自己相關的資訊。例如老師、家長關心教育，老年人關心健康保健，少女關心彩妝。這幾年發現關注自己臉書的朋友，集中在老師與家長，年輕世代已漸漸少用臉書，所以書寫的方向，也會盡量與受眾相關。例如談聯考作文的文章，就會獲得大量的閱讀與分享，如果是文字密度較高的現代詩，點讚數會掉到剩下五分之一。因此當用現代詩書寫社會議題時，寫法就必須與參賽作品作區隔。語言的選擇，不能太冷僻晦澀。

## 三、用KISS原則寫專業

KISS的原文是Keep It Simple & Stupid，是指在設計時，應注重簡約的原則，盡量迴避不必要的複雜性。這裡的Stupid，指的不是愚笨，而是指「老嫗能解」的語言，也就是俗稱的「講人話」。例如鼓勵買房，不能只說擁有房子的好處，要像一位房仲業者的神比喻：「蝸牛為何比蛞蝓可愛？」馬上讓大家體會到差別。

許多人寫作容易闖入知識障，只會用A講A，以為自己講得很清楚，他人讀了卻很模糊。這就是為什麼世界專家一堆，卻只有少數人可以用文字發揮影響力。

我非常喜歡看中央大學天文所陳文屏教授的文章，因為他擅長用B講A，複雜的科學理論「一看就懂」。例如他用我們的日常之物，去描寫太陽系星體的大小及距離：

如果我們把地球比喻成桌面上的一顆鹽，也就是大小只有一公釐，那麼月球就有如一根指頭寬度外的一粒胡椒，而太陽就如門口的番茄。同樣的尺度下，木星便像是巷子口的瓜子，而行星中最渺小而遙遠的冥王星，便如隔壁街的一粒微沙。

是不是超清楚？再看看陳教授用「敲打西瓜」教我們理解「利用地震判斷地球的內部

結構」：

其原理很像我們買西瓜時會在表面敲打，從聲音辨別西瓜含水的程度。（雖然我覺得大多數人都聽不出所以然，但是買瓜時我們都還是習慣性老練地敲一敲！）醫生聽診有時也會敲打我們身體發出聲響，藉此察覺內部的異狀，也是基於同樣原理。當地球上某一地點發生地震後，震波向四方傳遞，有的沿表面散播，有的穿過地球內部傳到地面另外一個角落，由於不同區域的成分、狀態（液體或固體）與大小都會影響這些波的傳遞，我們藉由各地所接收到的訊號，便能推導出地球內部的結構。

自媒體的文字一定要跳脫學術思考、跳脫專家思考，一定要找到庶民能解的B，這個B可能是故事、典故或比喻。例如「法律白話文運動」（法白）、「PanSci泛科學」、「歷史說書人」等粉專，都致力於用「白話文」去幫助讀者理解專業，也因此吸引大批粉絲，甚至得到結集出書的機會。

也有人將KISS原則改為Keep It Sweet & Simple，或是Keep It Short & Simple，也迭有新意。講讀者喜歡聽的話（sweet），長話短講（short），也都是照顧讀者的貼心。

## 四、了解市場在哪裡

供需法則（Supply & Demand）決定世界的商業運作。再好的物品，如果沒人要買，都不是好商品；再差的物品，只要供不應求，都是好的商品。

書是商品，出版社也要生存，素人作家想出第一本書，一定要服膺供需法則，所以不妨思考，我想寫的，是世界的需要嗎？如果不是，要盡量與讀者的需求取得連結。

例如學生可倫想寫交換學生的經驗，然而這樣的內容還撐不起一定的購買量，出版商也興趣缺缺。然而再加上學生市場的需求——「當交換學生需要知道的事」，就得到出版社的首肯，順利出書了。

## 五、將自己定位於該領域的專家

當可倫想書寫「當交換學生需要知道的事」時，她或許對這個議題的認識尚不夠周延，但當她花時間上遍國內外各大學的網站，資料蒐集越來越厚實時，她就成為這個領域的專家了。

沒錯，在這個知識越來越多元的年代，沒有人是所有領域的專家，我們都需要有人

「替我們看書」或是「替我們製作懶人包」，幫我們快速吸收知識。

所以一旦開始書寫，就要心存大志——我是專家！好友銘佑醫師，只是一個小診所醫師，但是在疫情時期，他努力閱讀國內外最新的資料，也向在實驗室工作的同學要第一手的檢驗數據。當他發現問題時，不斷發文，最後被政府看見，不僅數次改變中央疫情中心的防疫政策，甚至受邀在《聯合報》鳴人堂開專欄。

上次球敘後，問他：「你只是個小醫生，為何敢說那些大教授是錯的。」「因為他們沒時間做完整的閱讀，」銘佑醫師信心滿滿說：「但我有啊！」真的，每個人的位置，都能輕易補足他人的盲點。一旦開始書寫，就要伴隨著拚命（瘋狂、接近病態更好）的學習。

學習金字塔告訴我們，學習最有效率的方法是「教別人」。所以在臉書持續書寫，不管最後能不能出書，你最後一定能站在華山之巔，成為這個領域的，山頭！

## 六、注意發文時間

臉書的演算法會將「點讚速率最快的貼文」放在塗鴉牆上，所以你必須知道你的臉友或粉絲最常上網的時間。例如自己曾試過在早上、下午、晚間及深夜發文，發現晚上八點是發文點讚率最高的時間（可能剛吃飽，都在滑手機）。

另外網路版的洞察報告中，有一個「粉絲上線時間」圖表，朋友們有空也可以上去看看，得到更科學的數據。

## 七、央求「網紅」分享

許多臉書使用者的追蹤人數上萬，如果他們願意分享你的文章，往往就能增加文章的曝光度，但記得「厚積薄發」，一定要累積足夠的「子彈」，才能請求網紅分享。因為這些陌生網友連結到你的專頁後，也會看看你過去的發文，甚至期待你未來的發文，如果你手上沒有幾篇「核彈級」的好文陸續炸開，很難將這些「弱連結」轉成「強連結」。

## 八、分享比讚重要

出版社決定是否要出版你的文章，其實主要是看分享數。臉友按分享的目的有兩個，一個是分享給友人看，一個是自己留存，都肯定了文章的價值。大家千萬不要被點讚數迷惑，雖然有時 PO 個美照，吸引的讚數會超越一篇文章，但那不會創造出版價值。

## 九、被媒體分享，小心授權

在自己還未被大眾認識前，有幾篇文被同一家大型媒體請求轉載，當時受到眼球巨人的青睞，已是滿滿的虛榮心。想不到這些文每年被拿出來刊登，而且每一次都得到很大的迴響，其中三篇點讚數都超過七萬。心想，如果當初能夠要求文章後面附上自己的臉書、或結集後的書籍連結，一定可以吸引更多讀者的認識。

現在自己成為有稿酬的專欄作家，文章在媒體曝光後，自己不能全文轉發，只能在自己臉書上貼上媒體連結。刊登二週後，作者才有權轉發給其他媒體刊登。但現在有媒體要求轉載時，我都會做出「附上連結」的要求，才不會有「歌紅人不紅」的遺憾。

## 十、好文可重發

不要以為發一篇文，所有的臉友都會看見，事實不然，演算法會自動剔除掉大部分讀者，所以一些自己喜歡的文章，我也會不定期重發。例如本書的抒情文寫作一文，第一次ＰＯ文，有一百八十次分享，但在會考後重發，因為契合考題，竟有九百次分享。

## 十一、時事最吸睛，但不從眾

今年統測作文考完後，在高職任教的女兒告訴我作文題目是「不好意思」，覺得出得太好了，趕快上網查閱，發覺竟然已考完五個小時，網上連一則報導都沒有。不像學測，考完一個小時後，網路上已是滿滿的冰箱文。

其實台灣念高職的學生，曾經多過高中生，自己對這種大小眼的現象，覺得很心寒，因此就拿起手機，用語音念了心裡的感受，快速發了一篇文。想不到獲得五百多次分享，《聯合報》見文後隨即要求轉載，許多高職老師來訊：「謝謝蔡老師的發文，讓高職的長期弱勢被看見。」

人們喜歡追逐時事，時事也最能吸引閱聽人，但重點是，如果自己的文字了無新意，只會淹沒在一堆「冰箱文」中。如果能在時事中，找到自己獨特的視角，恭喜你，趕快打開鍵盤，那會是一篇創造價值的好文章。

## 十二、用英文關鍵字搜尋圖檔

人是視覺性的動物，影像永遠比文字更吸睛。也因此，用圖像說故事記錄生活的社群平台 Instagram，吸引年輕人紛紛棄ＦＢ轉投ＩＧ。所以在臉書上發文，也別忘記在影像上用心。一張抓住眼球的圖片，能更輕易留住讀者。

每次發文，可以挑選文字相關的圖片，版權最好是自己的。然而，個人往往沒有足夠的圖庫，所以常會從網路抓圖，若怕涉及侵權，可以附上來源說明。如果還是找不到適合的圖檔，建議用英文關鍵字搜尋，會出現質量更佳的圖檔。

**十三、要不要經營粉絲專頁？**

自己也經營粉絲專頁，但成效慘不忍睹，按讚、留言及分享數，只有個人臉書的十分之一。其實，這是正常的，粉專在使用者的塗鴉牆上，必須面臨激烈的競爭與排擠。我們在臉書收到各類型內容的多寡，依序是朋友訊息、社團、粉專與廣告。

投放廣告是臉書的主要獲利模式，所以，原本追蹤人數就不多的粉專，如果沒有投放廣告，曝光率一定極低。對於沒有預算的朋友，在開啟粉專前，要有心理準備。

**十四、重複出現的價值，叫品牌**

「庸碌一生，不聞於世」是許多人的恐懼，這也是今日網紅文化的成因。許多人希望被看見，靠美照、靠搞笑或靠藝術。然而，靠後者最慢，卻最持久。

文字是一種藝術，一種論述後產生價值的藝術，而只有「重複出現的價值」才能成為品牌。所以若想要成為被信賴的品牌，就必須根據相同的主題重複書寫，如果「早上賣書畫、晚上賣水桶」，可能就會失去品牌記憶點了。

對的路，常是最難走的路。如果朋友想走出書的夢想之路，以上建議可以幫助大家跨過路上的一些坎坷。但千萬要記得，在一年出版四萬本書的台灣，大多數的書一出版，旋即淹沒在書海中，而且只要十萬元，就能自費出版一本書。所以千萬不要把出書當成終極目標。真正的目標，應該是讓發表的習慣，帶動你一生逸趣橫生的學習，讓你生命中的每一天，都因文字創造的價值，活得有光有熱、有滋有味。

本文最後，想分享在二〇一七年赴喜馬拉雅山區健行，遇到大雪受困岩洞四十七天，離世時只有十九歲的青年作家劉宸君，在岩洞中的最後書寫：

不知道有沒有人會發現這裡？
但我還是決定每天跟你說話，
一直說話到最後一刻……
但即使食物不夠了，這樣一直寫一直寫

我就覺得自己不會死了。

直到這時，我才覺得自己眞的成了作家。（註）

在臉書上寫作，有時就像困在自己的岩洞中，你不知道有沒有人會發現你？但你還是要每天跟文字對話。這樣一直寫一直寫，你會體驗到「超越生死」的魔幻時刻——直到這時，你成為真正的作家了。

註：劉宸君遺作經親友整理，二〇一九年由春山出版社出版《我所告訴你關於那座山的一切》一書，並獲得台灣文學獎二〇二〇年金典獎。

# 27 歌詞，是時代的「話語權」

## 作詞的六個重點

在每個時代，每個人都需要一首歌，
需要作詞人為他們說出自己的故事。

「學長，我們需要一首歌，陪我們划到石垣島，讓我們越划越有力氣。但歌做一半卡關，想麻煩你幫我們完成。」

二〇一七年二月，任職海洋大學的學弟陳建文，傳來他們用雙槳橫渡黑潮的「海鯖迴家」計畫。他們划手八人將接力三百公里，七十二小時的獨木舟航程，劍指石垣島。

「為什麼要進行這麼可怕的冒險？」我充滿疑惑。

「為了話語權！在這個時代，想要讓自己的聲音被聽見，有時必須以行動去得到話語權。」建文在話筒另一端說得激動：「黑潮帶給台灣東海岸豐富的漁獲，但連年不停的捕撈也引發對海洋永續的疑慮。例如鯖魚長度因過度捕撈連年縮減，不只經濟價值下降，也陷入生態危機。因為全台灣有九十五％的鯖魚從南方澳而來，因此我們要從南方澳出發。」

建文隨即傳來隊員已完成的部分歌詞：

〈**海鯖迴家**〉

聽自己的呼吸
和黑夜中的浪濤
寂靜地
交換節拍

我划過黑
在什麼也看不到的海面上
尋找那一段
你迴游過的軌跡

這點點的舟影
是要劃下回家的記號給你

在那銀閃閃的波痕中
我們必會再相遇　再相聚
在那銀閃閃的波痕中
我們必會再相遇　再相聚

這歌詞很有畫面，節奏感好，已是很棒的作品，所以我只需將原作當成主歌Ａ段，再填上字數相埒的歌詞後，就變成主歌Ｂ段：

**主歌** A1

聽自己的呼吸　和黑夜的浪濤
寂靜地　交換節拍
我划過黑　在什麼也看不到的海面上

尋找那一段　你迴游過的軌跡

**主歌** A2
聽鯖魚的呼吸　和海神的嘆息
血液裡　滾動真理
我划向你　在生長一切的黑潮裡
用點點的舟影　劃回家的記號給你

另外副歌的節拍必須與划船的節奏一致，因此我將每句改短，加上「向前划／向前划」，比較適合有力量的三拍作曲（華爾滋都是三拍，因為適合律動）：

**副歌**：
為了與你再相遇
向前划　向前划
用太平洋的濤聲　許諾

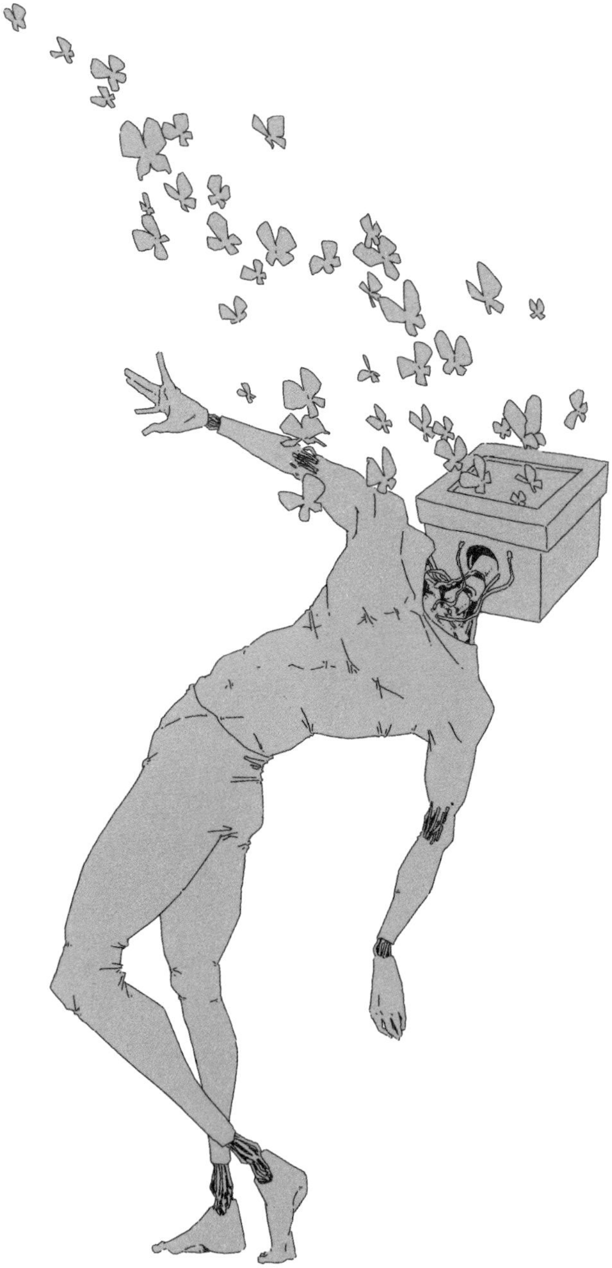

留一片海洋給你

我們必定再相遇
向前划　向前划
用盡全身的力氣　也要
留一片海洋給你

歌詞寫好後，寄給高中同學張嘉亨譜曲。他當了好多年的國中校長，但最大的興趣卻是寫歌和唱歌。十年來，我們合作寫了二十幾首歌，拿過二〇一六年總統教育獎主題曲首獎，也曾創作《台南深呼吸》在電視上放送安慰台南強震的災民。然而，我們的合作模式，卻與一般的商業模式不同。

## 詞曲創作二模式，孰先孰後皆可

自古詞曲創作就有兩種模式，像宋人填詞和現在的流行歌曲創作差不多，一般都是根據曲調和固定的格式填詞。唐代和五代，多是依曲填詞，到了宋代，出現了自度曲，比如柳永、周邦彥等大詞人，他們也是優秀的音樂家，常常先創作歌詞，然後再依詞譜曲，他們就像五月天阿信、伍佰，都是全能的詞曲作者。

今日台灣業界百分之八十的歌都是先有曲，再填詞，比較不會破壞歌曲的完整性。唱片公司常會寄旋律的 demo 帶給不同的「填詞人」，在比稿後，選定合作對象。至於大牌的填詞人則不用參加比稿，甚至有名的歌手擁有御用的填詞人。例如周杰倫的〈青花瓷〉就是先有曲再填詞的，當初方文山聽到這首曲子的溫婉曲調，便以中國風歌詞完成這首經典。（超厲害！）

## 填詞難度大於作詞

至於我和嘉亨校長的模式，則是反其道而行，我先寫下歌詞後，嘉亨校長再依詞譜曲。其實這樣的模式對作曲者的限制較大，還好他作曲時也會和我交叉討論，作詞句增刪。個人覺得填詞的難度大於作詞，要因為聽出段落，找出字的斷點，而且格律字數被限制，無法自由發揮。然而不管是作詞或是填詞，都是很棒的創作練習。很多師長會請學生發揮想像力，替自己喜歡的流行歌曲或校歌重新填詞，完成後再唱出來，都是很棒的寫作練習。對於想嘗試作詞的新手，有幾個重點可供參考：

**一、少就是多，要勇於割捨**

每句不要寫太長，方便作曲寫旋律，但若是以節奏為主的饒舌，則另當別論。

**二、押韻才有韻致，但可轉韻**

押韻才有韻致，然而韻腳也不一定要押滿，例如唐詩絕句的第三句不押韻，即是察覺到每一句韻腳都押滿，會顯得板滯。所以許多歌詞會在主歌A1、A2或副歌的地方「換韻」，例如〈海鯖迴家〉的A1無明顯押韻，A2押「ㄧ」韻。

另可利用「轉韻」的技巧，例如「ㄧㄩ」、「ㄝㄟ」、「ㄜㄛㄠ」與「ㄢㄥㄣㄤ」，因為發音的部位相近，常被詞人拿來當互轉的韻腳。例如〈青花瓷〉中的「天青色等煙雨而我在等妳」，前後韻腳不同，但因為「ㄧㄩ」是可互轉的韻腳，所以唱起來有押韻的感覺。〈海鯖迴家〉的副歌，也是使用「ㄧㄩ」的互轉韻腳。

**三、字與詞形成節奏，唸得順才唱得好**

古典詩詞重節奏，例如七言的「仄仄平平仄仄平」，現代詩和歌詞已走出古典格律，然而，還是離不開節奏，例如中島美雪作曲、姚謙作詞的〈原來你也在這裡〉：

若不是你渴望眼睛，若不是我救贖心情
愛是天時地利的迷信，原來你也在這裡

「若不是你渴望眼睛」中的「若」與「你」是單字，「不是」、「渴望」、「眼睛」是雙字詞，這些字與詞形成節奏；「床前明月光」的節奏就由三個部分組成，分別是「床前」、「明月」與「光」。

想要做出有節奏的歌詞，其實不難，一是去掉冗詞贅字，二是寫完後唸一唸，唸得順就唱得好。

許多人以為寫歌詞很容易，所以忽略節奏感，其實好的歌詞有它內在的節奏，節奏感帶來音樂性，會幫助作曲者很快譜好曲。我曾做過一次實驗，模仿三毛作詞、李泰祥作曲的〈一條日光大道〉，依其節奏寫出歌詞〈左心事右心防〉，請音樂人孫懋文（圓圓）譜曲，但是他並不知模仿的來源。待曲成發表時，竟然出現與〈一條日光大道〉相同的間奏，當下覺得太玄了，「歌詞有內在的節奏」真的不假。

**四、用名詞及動詞製造「畫面感」**

方文山的詞被華人推到很高的地位，與他製造「畫面感」的能力休戚相關，例如他的〈愛在西元前〉：

古巴比倫王頒布了漢摩拉比法典
刻在黑色的玄武岩 距今已經三千七百多年
妳在櫥窗前 凝視碑文的字眼
我卻在旁靜靜欣賞妳那張我深愛的臉

我們可以看見「古巴比倫王」、「黑色的玄武岩」、「櫥窗」、「碑文」、「深愛的臉」等名詞，一下子就給我們飽滿的視覺；而「頒布」、「刻」、「凝視」、「靜靜欣賞」等動詞，也給予讀者強烈的既視感。所有好的作詞者一定要利用他的視覺想像力，用文字畫圖，用「畫面感」帶領聽眾走入一首歌的情境。

## 五、說自己感動的故事，別人才會落淚

寫一首歌要講一個故事，要完整的設想一個角色，一個時空，想到主角在歌詞裡經歷了一生最大的糾葛與衝突，想到作詞者自己會感動，甚至會落淚，很難不寫出一首好詞。例如「茄子蛋」主唱黃奇斌作詞作曲的〈浪子回頭〉：

親愛的　可愛的　英俊的　朋友
垃圾的　沒品的　沒路用的　朋友
佇坎坷的路騎我兩光摩托車　橫豎我的人生甘哪狗屎
我沒錢沒某沒子甘哪一條命　朋友阿　逗陣來摶
……
有一天　咱都老　帶某子逗陣
浪子回頭

這首歌書寫的，是黃奇斌在沒沒無聞時（人生甘哪狗屎），仍堅持理想為音樂拚搏，跟朋友約定，大夥畢業散了之後，有一天可以帶著自己的家庭重聚，喝酒、抽菸、話當

年。這樣的歌詞，喚起所有聽眾年少時的拚搏、不堪，也各自想起那些親愛的、可愛的、英俊的、垃圾的、沒品的、沒路用的朋友。每個人聽到了，都會感動落淚，因為那是一生一世、不離不棄的朋友，那是任何人都走不回去的，純真。

這一首勾起每個人自己故事的歌，在 YouTube 被點閱一億多次，傳唱全世界，而且「茄子蛋」到每個城市演唱，最後一首唱〈浪子回頭〉時，每一次台下聽眾都會聲嘶力竭，唱的是「茄子蛋」的歌，吼出的，卻是自己的青春。

## 六、副歌是記憶點，把情緒留給副歌

一首歌有它的起承轉合，主歌鋪陳畫面與故事，等到聽眾進入故事與情緒後，再用重複的副歌來「大開大闔」收尾，所以寫歌切忌一開始就給太濃的情緒。因為副歌是一首歌的記憶點，所以歌名常由副歌而來，許多詞人也常會將最好的句子留給副歌。

### 「海鯖迴家」真的得到話語權

〈海鯖迴家〉這首歌錄好後，建文學弟一行人於二〇一七年六月二十五日凌晨六點三十分，終於等到適合的海相，三百公里雙槳橫渡黑潮的冒險啟程了！八人分成四組，採取接力的方式，計畫不停槳划五十小時。但是他們遇到大潮、搜救橡皮艇破裂、划手落水時，鯊魚恰好在身旁游動，最後划手們經歷七十二小時的航程，終於划到了日本石垣島。

「海鯖廻家」的勇渡黑潮行動真的得到了話語權，最後引發政府召開了公聽會，並在二〇一八年的二月到三月間，試辦了二十天的禁漁期，並正式在二〇一九年生效。

## 詞，可以獨立為偉大的文學作品

這次的壯舉也被拍成紀錄片，在試映會上，當電影即將結束，〈海鯖廻家〉的歌聲在戲院裡繚繞時，我的眼中不禁泛淚。雖然自己只做了半闕詞，但我知道，每一首歌的歌詞都是時代的「話語權」，甚至有一天，他們會像蘇東坡、方文山，或是Bob Dylan的詞，離開了曲調，獨立為偉大的文學作品，甚至被編入課本。

是的，在每個時代，每個人都需要一首歌，需要作詞人為他們說出自己的故事，鼓勵他們在人生漆黑的大海裡，哼著一首歌，然後，漸漸有了感應，有了力氣，可以向前划，向前划，最後終於抵達青春的淚水，那是最暢快的潮水，引領豪邁的靈魂一次次，迴家。

# 28 情境、情境，是先有境才有情

## 寫歌詩，先給畫面，再給情緒

不管是寫歌、作詩、行文，都是在寫故事，

寫故事一定要完成一定的儀式，

那就是「造畫面」、「進人物」、「給衝突」，

最後才是「來情緒」……

天亮啦

下雨啦

出門吧

騎在平常載你的路邊小狗互相追逐

我騎著破車走在柳暗花遮的建國路

平常沒差但現在看不順眼的行道樹
或許我就是你口中發情的灰兔……

這首〈在建國路路上但後座少ㄌ泥〉，上傳 YouTube 一個多月後，觀看次數逾三百萬次。作詞、作曲兼主唱，是位高中生林鼎原，另一位負責作曲、編曲的吉他手，是學校高三學生以捷，他用一把吉他製造音牆的「後搖滾」曲風，狂野又深情，但他也表示：「歌會紅，歌詞寫得好，是很大的原因。」

在 YouTube 的五千多則留言中，最具代表性的，就是「好有畫面，下次去台中，我會去走建國路」、「靠！一邊聽，一邊想到分手的女孩」、「X！聽完爆哭」。第一個留言點出這首歌的一大優點——先給畫面，再給情緒。

「機車後座」當歌名實在太聰明了！每個青春期的男孩，擁有第一輛機車後，最大的夢想絕對是載著心愛的女孩，而她環抱的雙手，是世上最浪漫的安全帶，給你自信，給你飛在雲端的安全感。

然而，有一天後座空了，你馬上落入凡間，猥瑣不堪如一隻發情的灰兔，連行道樹都看不順眼，所以你必須回到充滿回憶的建國路，「寫一首破爛的歌／技巧生澀但是勉強算是送給你」。

其實寫歌的林同學太謙虛了，這首歌一點都不爛，是這幾年我看過的學生歌詞創作中，最喜歡的一首：

騎在送你回家的路這次我被開超速
心情雞掰得就像瀕臨絕種的梅花鹿
早上的行道樹現在被放在詩肯柚木
少一個人的後座我慢慢的加速

一般學生寫歌，根本不會這麼用心經營視覺，總是在畫面還很模糊時，就開始吶喊自己的情緒，搞得節奏成為空響，聽歌的人不斷出戲。

撐起台灣音樂市場的神人，前期如李宗盛、姚謙，中期如林夕、方文山，近期如蘇打綠的吳青峰、茄子蛋的黃奇斌，都是在歌詞「營境造景」的高手。其實不管是寫歌、作詩、行文，都是在寫故事，寫故事一定要完成一定的儀式，那就是「造畫面」、「進人物」、「給衝突」，最後才是「來情緒」。

例如李宗盛作詞作曲的〈飄洋過海來看你〉：

爲你我用了　半年的積蓄　飄洋過海的來看你
爲了這次相聚　我連見面時的呼吸　都曾反覆練習

這首歌一開始就給予明確的時空來「造畫面」——半年不見了，飛到另一個陌生的土地；然後「進人物」——我那麼愛你，存了半年的錢才能買張機票飛來；接著要「給衝突」：你可能不要我了，戒慎恐懼的我，連見面時的呼吸都要反覆練習。

李宗盛真的是一代宗師，幾句詞就讓聽歌的人揪心不已。「然後呢？他會見妳嗎？他還愛著妳嗎？如果積蓄花光，身處異鄉的妳怎麼辦？」聽歌的人已與歌中的主角產生連結，期待接下來的每段歌詞，每個節拍也變得扣人心弦：

言語從來沒能將我的情意表達千萬分之一
爲了這個遺憾　我在夜裡想了又想不肯睡去……

在漫天風沙裡望著你遠去　我竟悲傷得不能自已
多盼能送君千里直到山窮水盡　一生和你相依

謎底揭曉，原來最後見到了面，但是日升月落，人事已非，只能在漫天風沙裡，望著舊情遠去，這時候不管聽到多少情緒的吶喊，聽眾應該都會同感共鳴。

情境、情境，人都是先見境才能生情。如果不用畫面寫故事，堆砌的歌詞只會變成「滿紙荒唐言」，很難騙取受眾的「一把辛酸淚」。

我們接著再欣賞茄子蛋的台語神曲〈浪子回頭〉，作詞作曲的黃奇斌不僅擅長「造畫面」，而且是用特寫的鏡頭：

菸一支一支一支的點　酒一杯一杯一杯的乾
請你要體諒我　我酒量不好賣給我衝康

抽菸喝酒的「人設」非常具體，但重點是「酒量不好」的「衝突」點。黃奇斌和李宗盛一樣是詞神級的高手，短短四句就完成「造畫面」、「進人物」、及「給衝突」的鋪陳。

「衝突」的選擇是所有文本的主題，〈飄洋過海來看你〉的最後選擇仍是癡情地「直到山窮水盡，一生和你相依」；〈浪子回頭〉的抉擇是「有一天，咱都老，帶某子逗陣，浪子回頭」。

然而歌詞又告訴聽眾：「橫豎我的人生甘哪狗屎／我沒錢沒某沒子甘哪一條命。」沒錢沒某沒子甘哪一條命，卻幻想有一天帶某子逗陣，這遼夐的夢想太不切實際了，所以只能繼續「菸一支一支一支的點，酒一杯一杯一杯的乾」，菸酒變成癡人說夢的青春無限迴圈。

下次悲傷滿懷或是躊躇滿志，想要填詞作詩時，先不要被高昂的情緒沖昏頭，記得因境生情的歌詞才能讓人蕩氣迴腸、刻骨銘心，有情無境的歌詞只會傷害每個音符。

有位讀者看過以上四個要素後，提出疑問：「為什麼沒有加上抒情化這一要點呢？」

沒錯，抒情是詩歌唯一的傳統，但我們可以藉景抒情、藉物抒情、藉故事抒情，但絕對不可能藉情來抒情。「大漠孤煙直，長河落日圓」是抒情，但是「我有耿直的千古豪情，有永恆不絕的愛國熱忱」就不是抒情；「機車後座找不到你」是抒情，「你在哪裡？我好想你！」不是抒情。

沒有畫面、沒有故事的情緒文字，不是抒情，是濫情。希望寫抒情文跟教授抒情文的朋友們，要謹記這一點。

最後期許有志於寫歌作詩的朋友，如果你鋪陳的元素，先加入「造畫面」、「進人物」、「給衝突」，最後再「來情緒」，相信你一定可以讓受眾與你同悲共喜，甚至你標註的地景，也會成為粉絲的朝聖之路。

真的，世上不會只有一條建國路；台灣該有更多的李宗盛跟茄子蛋！

# 29 用「費曼法則」得到英國大學專題競賽冠軍

## 寫作是「你思故我在」

如果你不能簡單說清楚，
就是你沒完全明白。——愛因斯坦

「學生拿到冠軍、四千五百英鎊獎金、和就讀世界百大的半額獎學金！」看到國際教育組長傳來的訊息，覺得超不可思議，因為這個由英國雪菲爾大學舉辦的科學提案比賽，超過百校參加，而且這一組學生是原本英文口說較差的「二軍」。

「怎麼辦到的？」我提出疑問。

「將學術用語轉成『生活化口語』，就中了！」組長點出獲勝關鍵。

組長去年也指導學生參賽，但因為執著於專業術語，屈居亞軍、抱憾落淚。今年組長記取教訓，和同仁、學生一起寫程式控制 Arduino 感知套件，讓口罩可隨需要閉合，但這次要求學生用最生活化的語言簡報：「因為感應器就像『人的眼睛』，如果拿到獎金，我們想拿來改善這個眼睛的辨識度。」

「人眼」的生動比喻令四個國家的評審教授很有感，最後講評：「Perfect，謝謝你們用『淺顯』的語言，讓我們聽懂這麼棒的創意。」

淺顯是一種能力。猶如愛因斯坦說的：「如果你不能簡單說清楚，就是你沒完全明白。」真正擅長溝通的人，是能站在對方立場揀選語言的人。就像我常向學生強調的，寫作的出發點是「你思故我在」，不是「我思故我在」。

學生鼎鈞曾分享他在麻省理工大一的寫作課：「那堂課的名稱叫做『溝通』，我們第一篇作品的合格標準，是校門口賣熱狗的小販可看懂，才能過關。所以我們必須擺脫科學套語，用他們周遭的事物舉例。」

愛因斯坦就很擅長此道。例如記者問他什麼是相對論時，他回答：「把你的手放在滾熱的爐子上一分鐘，感覺起來像一小時；坐在一個漂亮姑娘旁邊一小時，感覺像一分鐘，這就是相對論。」

談到教育應該適性揚才，愛因斯坦舉了一個令世人瞬間秒懂的神喻：「每個人都是天才，但如果你用爬樹的能力評斷一條魚，他將終其一生覺得自己是個笨蛋。」

近代科學史上，最擅長以簡馭繁的教學大師，應該是諾貝爾物理學獎得主，美國物理學家費曼（Richard Phillips Feynman）。例如教「慣性矩」的定義時，他會舉日常的實例：「一件重物掛在門邊，要推門會很困難，但掛在近門軸處，推門會輕鬆得多。」教到「摩擦發光」時，他會說：「在黑暗中拿鉗子打在一塊糖上，會看到一絲藍光，那晶體被撞擊時所發的光就是『摩擦發光』。」

費曼認為所有事物都與其他事物連結在一起，所以找到連結，便能以簡單直觀的方式，解釋複雜科學知識。他覺得真正的天才，一定能夠簡單地解釋事物，甚至可以向八歲的孩子解釋科學知識。

費曼建議我們，如果覺得自己的解釋囉嗦晦澀，要盡量用直白的語言重新表述，或者找一個恰當的比喻去理解。他將其「化繁為簡」的方法整理為「費曼法則」，其流程如下：

**第一步**：選好想要深入理解的概念，拿一張白紙，寫下概念名稱。

**第二步**：想像你是老師，正試圖教會一名初學者這個知識點。

**第三步**：當你自己講得複雜、感到疑惑時，就退回去再思考一次。

**第四步**：用「簡單化」和「比喻」收尾。

「費曼法則」的第三步，其實是對很多為師者的殘忍提醒，很多老師覺得自己擁有學歷，因此理所當然可以為人師表，但費曼卻不作如是想：「許多大學教授只擁有知識，他們不會教也不想教，他們只做研究寫報告。」

研究是內力，但空有內力，仍很難行走江湖。高手必須內外兼修，「以有形之劍御無形之氣」。牛頓說得好：「把簡單的事情考慮得很複雜，可以發現新領域；把複雜的現象看得很簡單，可以發現新定律。」

影響世界最深的人，往往都是能夠去蕪存菁產出新定律的人，例如佛洛依德提出「冰山理論」來講心智結構，讓人清楚了解「意識層是指海面上可見的冰山，潛意識層則是位於海面下深不見底的最大部分」。

創作難，創作教學更難，如同曹丕〈典論論文〉：「巧拙有素，雖在父兄，不能以移弟子。」但獲得福克納獎的美國小說家E．L．多克托羅（Edgar Lawrence Doctorow）卻用夜間行車，清楚照明書寫範疇：「寫小說就像夜間開車，你的視線只打車頭燈照得到的範圍，但你還是能走完整段路。」

二〇一八年諾貝爾經濟學獎得主保羅．羅門（Paul Romer），也很擅長深入淺出地用日常用語來解釋艱澀的經濟模型，例如他用「廚房」的比喻，開啟「新成長理論」的大門：「歷史教導我們，經濟成長是源自於更好的『食譜』，而不是更大量的『烹飪』。新的食譜減少烹煮過程的副作用，並為相同的『食材』創造更多經濟價值。」

聖人善喻，千年前的耶穌、莊子，或是近代的邱吉爾、比爾蓋茲，都是用精譬巧喻改變世界的人，連蘋果的賈伯斯終其一生，影響世人最深的一句話，還是那句「求知若飢，虛心若愚。」（Stay hungry. Stay foolish.）

引喻取譬，越日常，越非常。日常的飢餓，才能造就非常的巨擘。

如果你自覺一身武藝，卻無法見聞於江湖，最可能的原因，是缺乏化繁為簡的行銷本事。在知識爆炸的時代，要知道——知識不是本事，用出來才是；理念不是本事，能讓人聽懂、撼動他人，才是本事。

費曼將正子看為逆著時間的電子，其淺白比喻，是理解反芻後，真正的溝通本事：「這就好像轟炸機員低空飛過三條路，當他看到最後匯聚成一條路後，才恍然大悟，那只是一條彎曲的路而已。」

要抵達「費曼法則」第四步——用「簡單化」和「比喻」收尾的目標，似乎需要經過三條路，其實，那只是一條彎曲的路，一條用比喻「彎曲」理論，但一定能成功抵達的，「溝通」之路。

# 30 先給，才能要！

## 行銷文「三層次」與「三原則」

每一個人都可以成爲另一人的知識供應者，只要願意用心思考，從受眾需求端思考，人人都可以是時代的寫手！

「鉛筆裡根本沒有鉛喔！科科～」

在〈泛科學〉的ＩＧ看到這個吸睛的標題，太衝擊習慣性的認知了，馬上興味盎然詳讀。內文先介紹微歷史：鉛筆的主要材料是石墨，因為石墨的日文為「黑鉛」，所以被稱為鉛筆。接著是鉛筆的「微科學」：

石墨由平滑的碳元素層構成，容易因外力剝落，碰到紙張纖維時，粉末便會卡進纖維，文字因此浮現。

看到這裡，已覺乾貨一堆，長知識了，但接著又「加贈」令讀者興味大開「生活微百科」，原來我們常用區分筆芯的代號，B指的是Black、H則是Hard（硬），石墨成分多，筆芯就越軟；黏土越多，筆芯就越硬。一般的HB鉛筆便是由三十％黏土加上七十％石墨構成的。

最後才是這篇文的重點——「業配」永恆筆！我點進去，也訂購了這支不用墨，通過紙上摩擦，將金屬分子留在紙張的永恆筆，而且是滿心喜悅的入坑，因為知識令我歡喜，覺得自己賺到了。

當日另一個交通部觀光局的「業配」廣告，更是令人幸福滿滿看完。這篇文的標下得好極了：

「你知道嗎？旅行帶來的幸福感可以持續一個月那麼久喔！」

這篇文和〈泛科學〉一樣，從科學知識出發：

我們人類具有一種很強的生存能力
那就是不管天堂或地獄，只要待上一陣子
都有辦法把心情調整到足以適應新環境……

這種心理機制，又叫享樂適應
它解釋了爲什麼快樂來得快去得也快……
快樂來得快去得也快！那怎麼辦？沒關係，馬上給你解答！

然而科學家注意到，有一種快樂
可以超越這種先天上的心理限制
——那就是#旅行後的幸福感……

這份餘韻不絕的幸福
平均可以延續一個月之久……

讀到這裡，只覺得腳底浮浮，好想奪門而出，馬上找個陌生的所在旅行去！這時下一行出現了適時的建議：

是的，那些在旅行中不期而遇的小插曲
正是一趟旅行可以繼續送幸福的關鍵，
所以二〇二一年觀光局　自行車旅遊年
就要邀請大家把握每個難得的假期
一起造訪全台七條自行車道，
看看這路上究竟能發現哪些讓你幸福一整月的小驚喜！

這篇文有三個層次，接得超好！

1. 提出讀者相關的問題
2. 提出解答
3. 提出業配——滿足需求的解答

最引人發噱的，是下方大剌剌標註#冷知識#業配文。呵呵，這個文案超強，他太有信心了，他知道雖然網民最討厭廣告業配，但只要裹以容易入口的糖衣，最刁的網民一樣會欣然下嚥。這兩則廣告業配其實共同做對了三原則，所以效果非凡：

## 一、先給才能要

先送讀者有趣的資訊，再表白業配的企圖，讓讀者覺得超有誠意。

例如我最怕被推銷保險，然而四年前，一位學生卻成功地賣給我新的險種，外加四百多萬的儲蓄險。他的方法很簡單，就是打電話給我：

「老師，你手上是不是一堆保險單，搞不清楚自己到底有哪些保障？」

這真的說到我的痛點。年輕的時候因為資訊不足，或是親友學生的人情壓力，買了很多的斷頭保單。

「老師，我可以免費幫你整理。」

哇！竟然有免費的服務，太棒了！所以我將一堆歷史久遠的保單整箱抱給他，他有條不紊的整理，還打成分析表。一星期後，他先恭喜我買到一些划算的保險，也告訴我醫療險尚不足，分析比較後，推薦他們公司的保單。這位學生先給他的時間，再給他的專業，所以當他要進入我的荷包時，我已經城池大開，有求必應。

**二、從受眾的需求出發**

在疫情時節，世界封鎖邊境，喜歡出國的台灣人被悶壞了，所以觀光局的文從民眾「亟需補充幸福感」的需求出發，馬上正中靶心！

一位經營精油直銷的朋友，知道疫情嚴峻時刻，群眾最在乎的是自身的安全，因此她從「硬需求」出發，專注介紹可抗菌及增強免疫力的佛手柑、尤加利和茶樹等精油，還找到隨身擴香儀工廠，大量購入降低成本，再以套組的方式行銷，結果反應極其熱烈，連下線都晉級鑽石俱樂部。

**三、由理入情**

知識是力量，知識可以帶來信任感，所以行銷一定要記得「由理入情」。這兩則業配給了歷史、化學、心理學的知識後，才對讀者「動之以情」，這是最有效「從A（Attention（注意）到A（Action行動）」的行銷文。

其實寫作也是一種行銷，要行銷自己的觀點，作者不能急，必須學會先給：**給知識**、**給故事**、**給美感**。而且要記得讀者是誰？他們最迫切的需求是什麼？

要面對年輕族群，可以用些鄉民用語；對沒時間的現代人，整理過的懶人包絕對比落落長的長篇大論有效。還要記得從主題的相關知識面出發，尤其是切身的微知識最受歡迎，例如要賣蜂蜜，與其講蜂蜜分類的大方向，不如從「常溫且正確保存下，蜂蜜幾乎永遠不變質」的「每日相關微知識」出發，會更吸引人。

如果大家疑問，要去哪裡找微知識？其實網路都有，例如輸入「精油微知識」或「蜂蜜冷知識」，馬上就資料一堆囉。

在知識破碎化的後現代，已沒有破解一切法門的碩學宏儒，每一個人都可以成為另一人的知識供應者，只要願意用心思考，從受眾需求端思考、懂得輸入關鍵字搜尋、並在交叉比對確定可信度後、整理發表，人人都可以是時代的寫手！

寫這篇文的同時，電腦突然跳出臉書的廣告：「廣告主如何透過廣告測試找到成功之道？」一打開就看到兩張圖片，一張是打開的一本書，另一張是有一把放大鏡放大重點的書頁特寫。

「你猜哪一張的廣告效益較大呢？」

我點選了後者，馬上跳出「恭喜您答對了！在實際測試中，這則廣告因為較生動，獲得的連結點擊次數比其他廣告多出五十二%。」

哇！高興，自己有眼光！而且還學到了東西。然後我快樂的閱讀底下的文字：「在Facebook 取得成功的關鍵，在於使用合適的廣告創意（文字與圖像）吸引顧客的目光。我們會在接下來的九十天當中，協助您了解各類元素能否對您的業務產生幫助，讓您在離開廣告新手村後，能夠建立成功的廣告。」

天哪！要連續九十天「先給」我免費的課程，這下子，我應該會「心悅誠服」地入坑了！

〈泛科學〉影片連結：

https://www.instagram.com/p/CLg2QOUnIJz/?igshid=o0lrzdtlc18z

觀光局影片連結：

https://www.instagram.com/p/CLeTQiBn0-2/?igshid=1iv5gpsis8zep

LEARN 055

# 寫作吧！一篇文章的生成

作　者—蔡淇華
主　編—林菁菁
企劃主任—葉蘭芳
校　對—何鈺佩、聞若婷
封面設計—陳文德
內頁設計—李宜芝
內頁插畫—張莛詳

總 編 輯—梁芳春
董 事 長—趙政岷
出 版 者—時報文化出版企業股份有限公司
108019 台北市和平西路三段 240 號 3 樓
發行專線—(02)2306-6842
讀者服務專線—0800-231-705・(02)2304-7103
讀者服務傳眞—(02)2304-6858
郵撥—19344724 時報文化出版公司
信箱—10899 臺北華江橋郵局第 99 信箱
時報悅讀網—http://www.readingtimes.com.tw
法律顧問—理律法律事務所 陳長文律師、李念祖律師
印　刷—勁達印刷有限公司
初版一刷—二〇二一年七月二日
初版十四刷—二〇二四年三月十八日
定　價—新臺幣四二〇元
（缺頁或破損的書，請寄回更換）

時報文化出版公司成立於一九七五年，
並於一九九九年股票上櫃公開發行，於二〇〇八年脫離中時集團非屬旺中，
以「尊重智慧與創意的文化事業」爲信念。

寫作吧！一篇文章的生成 / 蔡淇華著 . -- 初版 . -- 臺北市 : 時報文化出版企業股份有限公司 , 2021.07
面；　公分

ISBN 978-957-13-9043-7( 平裝 )

1. 寫作法

811.1　　110008166

ISBN 978-957-13-9043-7
Printed in Taiwan